Chère lectrice,

L'été, saison de toutes les fantaisies ? Bien sûr ! Quand le soleil est au rendez-vous et que les esprits vagabondent, n'est-il pas délicieux de se laisser aller à ces caprices que nous nous interdisons au cœur de l'hiver ? Un zeste de paresse, un brin d'indécision, un soupçon d'effronterie n'ont rien d'inconvenant au bord d'une plage ou à la terrasse d'un café. Aussi, n'hésitez plus ! Que vous soyez encline à la nonchalance ou à l'extravagance, octroyez-vous le plaisir de vous faire plaisir. Ecoutez vos envies, suivez vos instincts et... vivez l'été de vos rêves ! Votre collection Azur vous y encourage en se pliant au moindre de vos désirs. Vous êtes d'humeur tendre et câline ? Plongez-vous dans la pétillante comédie de Marion Lennox (N° 2023). Les émotions fortes ne vous font pas peur ? Vous dévorerez *Un mariage en question* et *Amère victoire* (N°s 2025 et 2029), deux romans d'une rare intensité, que vous lirez d'une traite, le cœur battant. Vous virez au romantique ? Rosemary Hammond vous fera croire au grand amour (N° 2030). Les secrets de famille vous passionnent ? Celui de Meg vous tiendra en haleine (N° 2027). Vous êtes sensible au charme d'un de vos collègues ou de votre patron ? Laura et Harriet (N°s 2026 et 2028) vous prouveront que vous avez toutes vos chances. Enfin, pour celles qui rêvent de se glisser dans la peau d'un homme, *Rebelle à l'amour* (N° 2024) est la solution idéale. Car Emma Richmond vous invite à partager les pensées les plus intimes de son héros *très* irrésistible...

Bonne lecture !

La responsable de collection

Inavouable secret

GRACE GREEN

Inavouable secret

HARLEQUIN

COLLECTION AZUR

Si vous achetez ce livre privé de tout ou partie de sa couverture, nous vous signalons qu'il est en vente irrégulière. Il est considéré comme « invendu » et l'éditeur comme l'auteur n'ont reçu aucun paiement pour ce livre « détérioré ».

Cet ouvrage a été publié en langue anglaise sous le titre :
THE FATHERHOOD SECRET

Traduction française de
CORRÈZE MAÏCA

HARLEQUIN ®
est une marque déposée du Groupe Harlequin
et Azur ® est une marque déposée d'Harlequin S.A.

83-85, boulevard Vincent-Auriol, 75013 Paris — Tél. : 01 42 16 63 63
Service Lectrices — Tél : 01 45 82 47 47
ISBN 2-280-04731-4 — ISSN 0993-4448

1.

Assise dans un fauteuil près de la fenêtre, Meg regardait distraitement sa sœur coudre une rose de dentelle au corsage de sa robe de mariée. Soudain, le bruit d'un moteur rompit la paix estivale.

Tournant la tête, Meg vit une Porsche noire se garer dans l'allée voisine. Sans doute un invité de la noce, songea-t-elle. Mais dans ce cas, il était en avance de quelques jours...

— Les Carradine ont de la visite, déclara-t-elle, intriguée, en s'approchant de la fenêtre.

Elle se figea brusquement en découvrant l'homme qui descendait de la voiture. Elle devait rêver... Ce ne pouvait être celui auquel elle pensait ! D'ailleurs, elle ne voyait pas son visage. Il était tourné vers l'océan et s'étirait, comme pour effacer la fatigue du voyage.

Pourtant, il avait la même haute taille athlétique, les mêmes cheveux noirs... Meg poussa une exclamation étouffée.

— Que se passe-t-il ? interrogea Deirdre en s'approchant à son tour. Oh, Seigneur ! Il nc devait pas arriver avant la veille du mariage. Je suis désolée, Meg...

— Il est seul. Sa femme, Alix, ne devait-elle pas l'accompagner ?

— Elle arrivera sans doute à la dernière minute. Elle est au Moyen-Orient, en ce moment. Je l'ai vue à la télévision hier soir. Elle tourne un reportage sur la guerre de...

Mais Meg n'écoutait déjà plus sa sœur. Fascinée, elle regardait Sam Grainger, qu'elle n'avait pas vu depuis treize ans. Et en dépit de la chaleur, elle frissonna.

Comme s'il avait senti son regard sur lui, Sam se tourna vers la maison. Meg recula aussitôt. Heureusement, il ne leva pas la tête. Il contourna sa voiture, prit un sac de voyage dans le coffre puis se dirigea vers la maison voisine.

Cependant, au bout de quelques pas, il parut changer d'avis. Revenant vers la Porsche, il jeta son sac à l'intérieur puis traversa la rue. En quelques secondes, il avait atteint l'étroite bande de pelouse qui séparait la rue de la plage.

De leur maison, située tout au bout de Seaside Lane, Meg et Deirdre jouissaient d'une vue merveilleuse sur la baie. Une vraie carte postale... Plus au sud, à environ trois kilomètres, on apercevait les falaises de Cape Hamilton et l'Auberge du Bord de Mer, en contrebas, entourée des yachts amarrés entre les jetées de bois.

Meg avait toujours adoré cette vue. Mais aujourd'hui, une silhouette masculine venait tout gâcher. Une silhouette vêtue d'un élégant pantalon gris et d'une chemise blanche.

— Ecoute, dit Deirdre en posant la main sur le bras de sa sœur. Si tu ne veux pas aller au barbecue d'Elsa, ce soir, je t'excuserai.

— Merci, mais c'est inutile. Je ne peux pas me cacher éternellement ! Plus vite j'affronterai Sam, et mieux ce sera. Dieu merci, Andy n'est pas là...

— Tu crois vraiment que Sam...

Deirdre n'acheva pas sa phrase, le regard rivé sur les grands yeux bleus de Meg. Sa sœur paraissait si inquiète !

— ... verra la ressemblance ? acheva Meg avec une grimace éloquente. J'en doute. Personne n'a jamais rien remarqué. Andy n'a pas du tout les mêmes traits. C'est un Stafford. Il tient de moi, sauf pour les cheveux et le sourire.

— C'est vrai. Il a exactement le sourire de son père. Mais ces jours-ci, nous n'avons guère l'occasion de le voir de bonne humeur. Depuis qu'il a douze ans, il... Enfin, tu le sais mieux que moi.

Meg demeura immobile, les yeux rivés sur la plage.

— Je vais lui parler.

— Voyons, Meg ! Le camp de vacances se trouve à plus de cent kilomètres d'ici et...

— C'est à Sam que je pensais. Il vaut mieux que je le voie seule. Une fois le premier contact établi, je gérerai plus facilement la situation.

— Veux-tu que je vienne avec toi ?

— Merci, Deirdre. Il faut que je gagne cette bataille seule.

Meg tira son grand T-shirt blanc sur son pantalon de jogging délavé, puis coiffa le vieux chapeau de paille accroché au dossier du fauteuil.

— Tu ne vas pas te changer ? s'étonna Deirdre. Tu ne te maquilles pas un peu ?

Meg eut un haussement d'épaules plein de dédain.

— Me donner du mal pour Sam Grainger ? dit-elle. C'est bien le dernier homme au monde à qui j'aie envie de plaire !

« Tu as raté ta vie... »

Sam Grainger porta la main à sa tempe comme pour chasser cette pensée obsédante. Depuis qu'il avait quitté Portland pour cette petite ville au nord de l'Etat de Washington, ce sentiment d'échec ne le quittait plus.

Depuis de longs mois, déjà, il se sentait vide. A presque quarante ans, il n'avait ni femme, ni enfant, ni foyer. Quel sens donner à sa vie, dans ces conditions ? D'un geste nerveux, il défit sa cravate de soie et la fourra dans la poche de son pantalon. Puis il déboutonna le col de sa chemise.

La seule chose qu'il lui restait, c'était son travail. Quelle ironie !

Sam s'avança jusqu'au bord de la plage. Ici au moins, il pouvait respirer. Et le bruit des vagues qui s'écrasaient à ses pieds l'apaisait étrangement. La marée descendait. Si seulement elle pouvait l'emporter...

— Bonsoir !

Pendant un instant, il crut avoir rêvé. Il demeura immobile, face à l'océan. Mais un épagneul au pelage mordoré se lança dans les vagues en éclaboussant d'eau son élégant pantalon.

Irrité, Sam pivota et se trouva face à une jeune femme. Une adolescente, plutôt, songea-t-il en contemplant la mince silhouette qui se tenait à quelques pas de lui. Sous le grand chapeau de paille informe, il distinguait mal ses traits. Il ne l'avait pas entendue venir, avec le bruit des vagues.

Elle paraissait sur la défensive. Ses yeux bleus rivés sur lui, elle serrait les lèvres comme si elle était en colère. De plus, elle avait enfoncé les poings dans les poches de son large pantalon de jogging.

Que diable lui voulait-elle ? La plage était immense. Si elle avait peur des inconnus, pourquoi l'avait-elle abordé ?

— Bonsoir, répondit-il d'un ton sec.

Le chien sortit des vagues et s'ébroua avec vigueur. Cette fois, Sam reçut des gouttes d'eau jusque sur sa chemise. Il jeta un coup d'œil courroucé à la jeune femme et à sa grande surprise, elle rougit.

— Désolée, murmura-t-elle. C'est le chien d'un voisin. Il m'a suivie sur la plage.

— Ce n'est rien...

Mieux valait rentrer, songea-t-il. Les Carradine avaient dû remarquer sa voiture dans l'allée et se demander où il était passé.

D'ailleurs, il aurait dû les prévenir de son arrivée. Mais lorsqu'il avait quitté le tribunal, il n'avait pensé qu'à une seule chose : sortir de la ville au plus vite. Ensuite, sur l'autoroute, il avait roulé d'une traite jusqu'ici.

— Bonne promenade ! ajouta-t-il en s'avançant vers la route.

Sam prit soin de laisser une grande distance entre la jeune femme et lui. Elle semblait tellement tendue ! Il ne voulait surtout pas l'effrayer.

En passant, il lui jeta tout de même un bref regard. Les grands yeux bleus de l'inconnue étaient toujours fixés sur lui. Elle paraissait en état de choc. Pire encore, son regard trahissait une émotion étrange. De la colère !

Sam fronça les sourcils et continua son chemin, déconcerté. Avait-il rêvé ? Il n'avait jamais vu cette jeune femme de sa vie. Pourquoi aurait-elle éprouvé la moindre hostilité à son égard ?

Elle l'avait sans doute pris pour quelqu'un d'autre. Ou alors, c'était une de ces désaxées qui hantaient parfois les bords de mer. De toute façon, il n'avait aucune envie de la croiser de nouveau !

— Je n'arrive pas à y croire, Deirdre !

Meg faisait les cent pas dans la cuisine, en proie à une fureur noire.

— Il ne m'a même pas reconnue ! Il ne se souvient pas de moi. Tu te rends compte ? Cela fait treize ans que je pense à lui tous les jours, à son irresponsabilité, à la façon inqualifiable dont il m'a traitée et...

— Je sais, ma chérie. Je sais.

Deirdre ouvrit le four pour sortir la plaque chargée de petits pains frais. Une bouffée de chaleur envahit la pièce déjà surchauffée.

— Tu sais, c'est peut-être mieux ainsi, poursuivit-elle. S'il ne te reconnaît pas, jamais il ne fera le rapprochement avec Andy.

Meg s'arrêta abruptement et fusilla sa sœur du regard.

— J'ai déjà pensé à ça, déclara-t-elle. Ce qui me rend folle de rage, c'est qu'aux yeux du père de mon fils, je ne suis...

— ... plus rien ? acheva Deidre.

Des larmes jaillirent dans les grands yeux de Meg. Elle les essuya d'un geste rageur.

— Exactement ! Avoue qu'il y a de quoi être blessée dans son amour-propre.

Deirdre disposa les petits pains sur un plateau. Une fois sa tâche terminée, elle se tourna vers sa sœur.

— J'ai pourtant le sentiment que sa venue sera bénéfique, déclara-t-elle enfin. Du moins pour toi. Tu as toujours eu peur des retrouvailles. Eh bien, au moins, tu seras fixée ! Je reconnais qu'il s'est mal comporté, il y a treize ans, mais...

— « Mal comporté » ? C'est peu dire !

— Meg, le passé est le passé. Tous les hommes ne sont pas comme Sam Grainger. Tu ne peux pas les rejeter en bloc parce que l'un d'eux t'a fait du mal.

— Jack ne s'est pas mieux conduit, répliqua Meg d'un ton amer.

— Et pourtant, tu l'as oublié, lui.

— Comment pourrais-je oublier Sam ? s'exclama Meg. Chaque fois que je regarde Andy, il surgit devant moi.

6 heures sonnèrent à la vieille horloge de l'entrée.

— Mon Dieu, déjà ! s'écria Deirdre. Nous parlerons de tout cela plus tard. Il faut nous habiller, si nous ne voulons pas être en retard pour le barbecue.

— D'accord, soupira Meg. Tu n'as qu'à te préparer d'abord. Je me charge de ranger la cuisine.

Une fois sa sœur partie, Meg s'approcha de l'évier. Le rebord était encombré de coquillages, de géraniums en pots et des cartes postales envoyées par Andy. D'ici, elle voyait le jardin des Carradine, par-dessus la barrière de bois blanc. Les sœurs Barnley, pensionnaires permanentes d'Elsa, se promenaient dans la roseraie tandis que James installait les deux grandes tables en cèdre dans le patio. Eh bien ! Elsa avait dû inviter une foule de gens... Tant mieux ! se dit Meg. Plus il y aurait de monde, et plus il lui serait facile d'éviter Sam Grainger.

⁂

— J'aurais dû vous appeler avant de partir, madame Carradine. Je suis vraiment désolé.

Elsa Carradine délaissa un instant le gâteau au citron qu'elle était en train de préparer et leva sur Sam ses beaux yeux bruns.

— Ne vous inquiétez pas, Sam ! Je vais demander à Deirdre de vous loger pendant que les ouvriers finissent de repeindre notre chambre d'amis.

Assis en face d'elle, une bière à la main, Sam la dévisagea.

— Cela ne la dérangera pas ?

— Vous plaisantez ! C'est la personne la plus hospitalière de la terre. Les Stafford n'ont que trois chambres, puisque Deirdre utilise la quatrième comme atelier. Elle est couturière, vous vous souvenez ? Mais elle peut vous donner la chambre d'Andy. Il ne rentrera pas avant la veille du mariage. D'ici là, nous serons prêts à vous recevoir.

Avant que Sam ait pu demander qui était Andy, la porte donnant sur le jardin s'ouvrit, et James apparut sur le seuil. Grand et mince, il avait des cheveux noirs grisonnant aux tempes et les mêmes yeux bruns que sa mère. Sam et lui s'étaient liés d'amitié durant leur première année d'université. Et bien que leurs chemins se soient séparés à la fin de leurs études de droit, ils étaient toujours restés en contact. Lorsque Sam avait épousé Alix, James avait été son témoin. Maintenant, James, qui avait un cœur d'or et beaucoup d'humour, lui demandait de lui rendre la pareille.

— Les tables sont mises, maman, déclara-t-il en s'avançant vers le réfrigérateur. Le barbecue est allumé... j'ai droit à une bière, moi aussi, non ?

Il se servit et sourit à son ami.

— Les invités ne sont pas encore arrivés ? s'enquit-il.

A cet instant, la sonnerie de la porte d'entrée retentit.

— J'y vais, déclara Elsa en défaisant son tablier de cuisine.

D'un geste, James invita son ami à le suivre dans le patio.

— Depuis combien de temps n'as-tu pas vu Deirdre? demanda-t-il.

— Eh bien, cela doit faire seize ans. Je n'ai rencontré personne de connaissance, la dernière fois que je suis venu ici, il y a treize ans.

— C'est vrai. Tu étais resté à l'Auberge du Bord de Mer. Et une seule nuit, si je me souviens bien. Quel cauchemar, pour toi ! Cela a dû être terrible. Maintenant que je connais Deirdre, je me demande comment j'aurais fait à ta place. Apprendre une telle nouvelle et...

L'arrivée d'Elsa, accompagnée de leurs premiers invités, l'empêcha de finir sa phrase. Elsa leur présenta les Fairchild, un couple d'âge mûr qui habitait dans la rue. Puis les sœurs Barnley apparurent dans l'allée. Depuis la mort du père de James, dix ans auparavant, elles avaient pris pension chez Elsa et y menaient une existence retirée et paisible.

Tom et Janine Madison, de jeunes mariés qui habitaient une des maisons voisines, arrivèrent à leur tour. Sam venait à peine de leur être présenté lorsqu'il entendit un portail grincer derrière lui.

Il se retourna. Deux femmes sortaient du jardin voisin. L'une d'elles était blonde et portait d'énormes lunettes de soleil à monture d'écaille. L'autre tenait un plateau de petits pains dans les mains et arborait une flamboyante chevelure rousse.

Sam la reconnut tout de suite. C'était Deirdre Stafford, la fiancée de James. Elle avait passé la trentaine, maintenant, et avait un peu forci depuis leur dernière rencontre. Mais elle était toujours aussi jolie.

Sa compagne, en revanche, possédait une silhouette de rêve. Mince, dotée de longues jambes et d'une démarche très sexy, elle avait des courbes parfaites, qu'il ne parvenait pas à quitter des yeux.

— Ah ! Voilà Deirdre ! s'exclama James d'un ton joyeux.

Sam continuait de contempler l'inconnue. Ses cheveux blonds étaient coupés très court, révélant un visage au dessin parfait. Ses traits étaient fins et sa bouche généreuse à peine soulignée d'un rouge à lèvres clair.

Elle portait un chemisier noir, décolleté, et une jupe fluide qui dansait sur ses chevilles. Lentement, le regard de Sam remonta jusqu'à son visage. Elle semblait le fixer, derrière ses lunettes noires.

Mais pourquoi un sourire de dédain plissait-il sa bouche sensuelle ? Que diable avait-il fait pour mériter une telle réaction ? Tandis que Sam s'interrogeait, la jeune femme pivota et prit le plateau des mains de sa compagne.

— Je m'en charge, Deirdre, déclara-t-elle avant de s'éloigner vers la cuisine de son pas léger.

Sam la suivit du regard.

— Attends ! protesta James. Viens donc saluer...

— Je reviens ! Ta mère a besoin de fourrer ces petits pains avant de les servir.

La porte de la cuisine se referma derrière elle et James secoua la tête d'un air amusé.

— Quel courant d'air ! dit-il. Meg a toujours été comme ça. Tu te souviens d'elle, Sam ? C'est la petite sœur de Deirdre.

Sam écarquilla les yeux de surprise.

— Comment ? Celle qu'on appelait la grande perche ? demanda-t-il, incrédule.

Deirdre éclata de rire.

— Seigneur ! J'avais oublié qu'on lui avait donné ce surnom ! Eh bien, tu vois, Meg a finalement cessé de grandir.

— Pas avant d'avoir atteint 1 m 75, rectifia James. Et d'avoir pris du poids. Enfin, pas trop ! ajouta-t-il, taquin.

Pendant que James et Deirdre saluaient leurs invités, Sam revoyait l'adolescente maigre et timide qui cachait autrefois son visage sous une lourde franche de cheveux blonds. Elle devait avoir treize ou quatorze ans, la dernière fois qu'il l'avait vue. Qui aurait cru qu'elle deviendrait cette splendide jeune femme ?

— Chérie, maman va te demander d'héberger Sam quelques jours, déclara James à sa fiancée. Le temps de terminer les travaux dans la chambre d'amis.

Il se pencha pour attiser les braises du barbecue et seul Sam vit l'expression paniquée de Deirdre. Elle porta la main à sa gorge comme si elle venait de subir un choc.

— Il y a un problème ? demanda James en se redressant. Nous avons pensé qu'il pourrait prendre la chambre d'Andy puisqu'il ne revient pas avant...

— Avant vendredi, acheva Deirdre en souriant avec calme. Naturellement, nous serons ravies de vous recevoir, Sam.

Pourquoi avait-il l'impression que ce sourire était forcé ? Sam fronça les sourcils.

— Je ne voudrais surtout pas vous déranger. Tout est ma faute. Je suis en avance. Je crois que je vais prendre une chambre à l'Auberge...

— Pas question ! protesta James. La dernière fois que tu as dormi là-bas, tu étais en convalescence. Tu avais besoin de solitude. Cette fois, c'est différent. C'est moi qui ai besoin de toi ! Je ne veux pas que tu t'éloignes.

— Dans ce cas, j'accepte.

Mais Sam demeurait perplexe. Pourquoi Deirdre avait-elle paru si désemparée lorsque James lui avait demandé de l'héberger ? Ils ne s'étaient pas vus depuis des lustres. En quoi sa présence pouvait-elle le gêner ?

Il n'eut guère le loisir d'y réfléchir. Les invités se pressaient dans le jardin, maintenant, et les conversations allaient bon train...

⁂

— Merci de t'être occupée des petits pains, Meg.

— Pas de problème. Que puis-je faire d'autre ?

Meg s'attardait, peu pressée d'aller rejoindre les invités.

— Peux-tu servir le vin qui est dans le réfrigérateur ? Tu sais où je range le tire-bouchon, n'est-ce pas ? Et les verres sont sur le plan de travail.

Laissant Elsa sortir avec le plateau, Meg déboucha la bouteille et remplit les verres. Mais ses mains tremblaient. L'expression de Sam Grainger, tout à l'heure, l'avait jetée dans le plus grand trouble.

Lorsqu'elle était allée à sa rencontre, sur la plage, il l'avait toisée avec dédain. Humiliée, elle avait porté ensuite un soin particulier à sa toilette, afin de recouvrer confiance en elle. Mais comment aurait-elle pu imaginer qu'il paraîtrait ébloui, en la voyant ?

Elle l'avait observé à la dérobée, fascinée par ses traits anguleux, ses cils épais et noirs. Ses tempes étaient désormais parsemées de fils d'argent, mais il avait à peine vieilli. En fait, Sam Grainger avait toujours été séduisant. Jamais il ne lui avait paru aussi beau, aussi attirant.

Et aussi... marié !

Meg remplit le dernier verre et posa la bouteille sur le comptoir. Elle avait failli oublier que Sam Grainger était un homme méprisable ! Elle s'approcha de la fenêtre et le vit bavarder avec Janine, qui semblait sous le charme.

Il est vrai qu'il avait tout d'un don Juan, avec son teint hâlé et son sourire sensuel. Meg s'agrippa au rebord de l'évier. Dire que ce séducteur était aussi le père de son enfant !

Par chance, il n'en savait rien. De toute façon, il n'avait rien voulu savoir, se dit Meg avec amertume. Il était parti quelques heures après leur étreinte passionnée sur la plage, sans même une pensée pour elle. Et depuis lors, elle n'avait plus jamais eu de ses nouvelles.

Le rire de Janine lui parvint par la fenêtre ouverte... Sam répondit de son rire grave, un peu rauque. Le cœur de Meg se serra douloureusement. Il osait flirter avec la première venue ! Non, il n'avait pas changé. Il resterait toujours un goujat ! songea-t-elle en se détournant pour prendre le plateau de verres. Dommage qu'Alix Grainger ne soit pas là pour juger la conduite de son mari !

Sam se frotta la mâchoire d'un geste las. Janine venait de le quitter pour rejoindre Elsa et il avait presque mal d'avoir trop souri. Décidément, il n'était pas fait pour les conversations mondaines !

Il balaya le jardin du regard, à la recherche de James, et aperçut Meg qui poussait la porte de la cuisine. Elle portait un plateau chargé de verres pleins. Fasciné, il la regarda s'avancer.

Se sentant observée, Meg trébucha et ne garda l'équilibre que par miracle. Elle avait bien failli renverser les verres ! Sans perdre un instant, Sam posa sa bière et s'avança vers elle.

— Bonjour, Meg. Ça me fait plaisir de te revoir.

Les verres tintèrent sur le plateau.

— Attends, reprit-il, laisse-moi t'aider.

— Merci, ça va très bien !

Elle recula et le toisa d'un air hautain.

— J'ai l'habitude de faire le service, ajouta-t-elle. Ça ne me pose aucun problème. Profite plutôt de cette belle soirée pour exercer ton talent.

— C'est-à-dire ? demanda-t-il, surpris.

— Séduire les dames !

Elle s'éloigna avec une expression si méprisante que Sam en resta pantois. Qu'avait-il fait pour mériter pareil traitement ? Il prit une profonde inspiration, alla chercher sa bière et la but d'un trait. Ah ! Les femmes ! Il n'y comprendrait jamais rien !

D'ailleurs, il venait de se séparer de la sienne. Pas question de se laisser entraîner dans quelque aventure pour le moment, aussi attirante soit-elle ! En l'occurrence, la tentation était forte, car Meg Stafford était diablement séduisante. Dieu merci, elle semblait aussi posséder un caractère acariâtre. Il n'aurait donc aucun mal à se tenir éloigné de cette sirène...

— Meg, ma chérie, chuchota Deirdre en prenant un verre sur le plateau, je dois te parler.

Meg prit un verre à son tour, puis elle se redressa et but une gorgée de vin.

— Je t'écoute...

— Voilà. James m'a demandé d'héberger Sam Grainger chez nous pendant quelques jours.

— Comment ?

— Chut ! Ne crie pas ! Tout le monde nous regarde, maintenant.

Meg pivota et croisa le regard de Sam. Elle lui tourna le dos aussitôt.

— Dis-moi que tu plaisantes, Deirdre ! murmura-t-elle en entraînant sa sœur derrière un arbre.

Elle but son verre en deux longues gorgées et regarda Deirdre d'un air désespéré.

— Il ne peut pas venir chez nous, tu le sais bien ! C'est hors de question, je...

— Parleriez-vous de moi, par hasard ?

Meg se retourna, très pâle. Sam Grainger était adossé au pommier, et ses yeux étaient rivés aux siens, comme pour lire jusqu'au tréfonds de son âme.

— Nous... Nous n'avons pas assez de chambres, murmura-t-elle.

Sam ne put s'empêcher de rire.

— Voyons, Meg, ne dis pas de bêtises, enjoignit Deirdre d'un air ennuyé. Elle n'a pas l'habitude de boire, ajouta-t-elle avec un sourire d'excuse à l'intention de Sam. Nous serons heureuses de vous avoir chez nous, bien sûr.

— Vraiment ? Je ne voudrais surtout pas vous causer le moindre dérangement.

— Vous n'en causerez aucun, assura Deirdre avec son sourire le plus chaleureux.

— Dans ce cas, je vous remercie. Et Meg... Peut-être devrais-tu passer au jus de fruits?

Avant qu'elle ait eu le temps de répliquer, il avait tourné les talons. Deirdre passa un bras autour des épaules de sa sœur.

— Ne t'inquiète pas, voyons! Tu n'as qu'à faire comme si tu ne l'avais jamais rencontré. Il te suffira d'être polie...

Meg eut une moue amère.

— Pourquoi est-ce aussi difficile, Deirdre?

« Parce qu'il est le père de ton enfant », songea Deirdre. Mais elle garda le silence et serra la main de Meg dans la sienne. Qui pouvait se montrer indifférent envers un amour perdu?

— Quand Alix arrive-t-elle?

La question de Deirdre fut accueillie par un silence général. Sam soupira. Il avait pourtant espéré ne pas parler d'Alix ce soir!

— Elle est à l'étranger, dit-il.

— Je l'ai vue à la télévision, hier soir, déclara Elsa. Quel courage, de partir dans ces pays en guerre! C'est une véritable héroïne.

— Qui est Alix? demanda Janine.

— L'épouse de Sam, expliqua James. Elle est reporter de guerre pour une chaîne de télévision.

— Vous êtes le mari d'Alix Grainger! Eh bien! Vous devez être vraiment fier d'elle! s'écria Janine, couvrant Sam d'un regard admiratif.

Il se pencha pour prendre du sucre et le tourna longtemps dans sa tasse avec sa cuiller.

— Alix est une femme étonnante, observa-t-il enfin, le visage dénué de toute expression.

— Elle sera là pour le mariage? s'enquit Tom.

— Elle s'y efforcera, j'en suis certain, répondit James. Cela dépendra de sa date de retour.

Angelina, l'aînée des sœurs Barnley, prit la parole.

— Vous vivez à Portland, n'est-ce pas ? Dans une belle et grande maison, d'après ce que James nous a dit.

— Et pourtant, vous n'avez pas d'enfant, n'est-ce pas ? demanda Monique, la cadette.

Emily, la benjamine, la fit taire en lui donnant une petite tape sur la main.

— Tout le monde n'aime pas les enfants, déclara-t-elle avec un sourire aimable. Certains hommes préfèrent garder leur femme pour eux tout seuls.

Sous la table, Sam serra les poings. Il adorait les enfants. Son rêve avait justement été d'en emplir leur grande maison et de leur donner l'amour dont il avait été privé. Il aurait voulu avoir des fils avec qui jouer au football et partir pêcher, des filles qu'il aurait gâtées...

Mais à cause d'Alix, de son inqualifiable trahison, tous ses rêves s'étaient écroulés.

— En fait, j'aime bien les enfants, dit-il d'un ton léger. Mais quelquefois, on est tellement pris par sa carrière qu'on en oublie l'essentiel.

Deirdre dut percevoir son embarras car elle se leva et posa une main sur son épaule.

— Sam, j'aimerais te montrer ta chambre. Veux-tu aller prendre tes affaires ?

— Volontiers...

Meg se leva à son tour.

— Laissez-moi quelques minutes pour ranger la chambre d'Andy, murmura-t-elle avant de s'éclipser.

La nuit venait de tomber et Meg avait retiré ses lunettes de soleil à regret. En passant devant Sam, elle plongea son regard dans le sien, et il se figea. Ces yeux immenses, d'un bleu pervenche... C'était elle, l'étrange jeune femme qui l'avait abordé sur la plage ! Mais ce qui le choquait le plus, ce n'était pas cette révélation, ni l'antipathie évidente que Meg lui portait...

Non, en fait, il y avait autre chose. Il avait lu de la peur dans ses belles prunelles bleues. « Pourquoi me craint-elle à ce point ? se demanda-t-il, perplexe. Je ne lui ai pourtant rien fait ! »

2.

Meg grimpa l'escalier quatre à quatre et se précipita dans la chambre d'Andy. Elle regarda les murs que son fils avait recouverts de photographies de sport, au fil des années. « Bon sang ! se dit-elle, pourquoi fallait-il qu'il soit aussi sportif ? »

Sans perdre un instant, elle décrocha toutes les photos où Andy souriait. Celle où il recevait son trophée de hockey, sa médaille de football, sa coupe de base-ball... Si Sam voyait un visage si semblable au sien, il risquait de se poser des questions. Elle ne laissa donc que les photographies plus récentes, où il fixait l'objectif d'un air timide.

Elle regagna bien vite sa chambre et cacha les photographies au fond de sa penderie, avec un autre cliché qu'elle cachait depuis son divorce, survenu cinq années auparavant.

Soudain, Meg fut prise d'une inspiration. Elle s'empara de la photographie, souffla sur la poussière du cadre, et regarda les trois personnes immortalisées par l'objectif : Jack, Andy et elle-même.

Cette photo avait été prise à Seattle, lorsque Andy avait trois ans.

— Le petit ressemble beaucoup à son papa ! avait remarqué le photographe.

Jack avait jeté un bref coup d'œil à sa compagne mais n'avait rien dit. Andy était bien trop jeune, alors, pour se rendre compte que Jack n'était pas son vrai père. Et la méprise du photographe était assez compréhensible. Sans se ressembler vraiment, Jack et Andy avaient tous deux les cheveux noirs et les yeux bleus.

Avec un peu de chance, Sam commettrait la même erreur, songea Meg. Elle retourna dans la chambre de son fils et s'apprêtait à accrocher ce cadre quand elle entendit Deirdre l'appeler.

— Meg ? Où es-tu ?

Le cœur de la jeune femme bondit dans sa poitrine.

— Dans la chambre d'Andy, répliqua-t-elle.

— Montez, Sam, dit Deirdre, j'arrive tout de suite. Le temps de prendre des serviettes de toilette...

Meg se hâta d'accrocher le portrait au mur, puis vérifia son travail. N'avait-elle pas oublié une photo qui pourrait la trahir ? Satisfaite, elle tourna les talons et se heurta sur le seuil à une haute silhouette.

— Vous êtes bien pressée ! s'exclama Sam.

— Désolée...

Elle recula mais il posa une main ferme sur ses épaules. Meg frissonna. Il sentait l'été, la nuit, et sa main était chaude, sur ses épaules. Un flot de souvenirs l'assaillit et elle tenta de se dégager.

— Une seconde ! protesta Sam sans relâcher sa pression. Que se passe-t-il, ici ?

Meg secoua la tête.

— Que veux-tu dire ?

— Pourquoi as-tu crié en apprenant que j'allais loger chez vous ?

Elle le dévisagea, sidérée. Ainsi, il l'avait entendue ? Devait-elle mentir, nier ? Non, songea-t-elle. Il était trop intelligent pour se laisser berner aussi facilement.

— C'est toi, l'avocat, répondit-elle d'un air hautain. Tu n'as qu'à deviner.

Elle parvint enfin à se libérer d'une secousse et fit un pas en arrière. Par chance, Deirdre entra à cet instant dans la pièce.

— Voilà tes serviettes, Sam. Meg t'a montré les lieux ?

Meg saisit aussitôt cette opportunité pour s'enfuir.

— Tu veux bien t'en charger, Deirdre ?

Et elle sortit sans un mot d'explication. Maudit soit Sam Grainger ! songea-t-elle en dévalant l'escalier pour gagner la cuisine. Il n'était arrivé à Seashore que depuis quelques heures et il avait déjà réussi à bouleverser sa vie !

Deirdre avait raison : elle devait le traiter comme un inconnu. Mais parviendrait-elle à refouler tous les souvenirs qui lui revenaient dès qu'elle le voyait ? Des souvenirs de cette nuit magique, sous l'arbre de la plage, au pied de l'Auberge du Bord de Mer.

Ce soir-là, Sam avait appris par le journal télévisé que sa femme venait d'être tuée dans l'explosion d'un hélicoptère, au-dessus de la Méditerranée. Et cette nouvelle avait changé la vie de Meg pour toujours...

Elle venait d'avoir dix-huit ans. Fraîchement émoulue du lycée, elle s'était inscrite à l'université pour la rentrée. En attendant, elle travaillait comme serveuse durant l'été, à l'Auberge du Bord de Mer. Et elle avait commencé son travail le jour même où Sam Grainger était arrivé pour passer une semaine de vacances.

— Il est en convalescence, lui avait expliqué Deborah Wilson, la directrice adjointe. L'air marin lui fera du bien.

Meg n'avait pas revu Sam depuis qu'elle avait quatorze ans. Etudiant, il avait souvent travaillé, lui aussi, à l'Auberge durant l'été, et avait plus d'une fois passé les vacances de Noël avec James, chez les Carradine. Mais il n'était jamais revenu à Seashore depuis son mariage avec Alix Merrick, qui détestait les petites villes...

En apprenant qu'il resterait à l'Auberge, Meg avait éprouvé une grande satisfaction. Hélas, ce soir-là, il n'avait pas dîné au restaurant, mais dans sa chambre.

Meg avait caché sa déception. Heureusement, elle aurait

certainement l'occasion de le voir et de renouer avec lui. Même s'il l'avait toujours considérée comme une enfant, il l'avait toujours traitée gentiment et elle lui vouait une affection profonde...

Ce soir-là, elle avait quitté son service à 23 heures. En allant chercher sa bicyclette, elle avait aperçu une haute silhouette sur la plage, et avait tout de suite reconnu Sam. Après un instant d'hésitation, elle avait posé sa bicyclette sur le bas-côté et s'était élancée vers lui. Le sable était encore chaud, sous ses pieds, et la marée montante amenait de grandes vagues tranquilles et mousseuses. L'air était chargé du parfum tenace des algues charriées par l'océan.

— Sam ?

Il s'était retourné en entendant son nom. Il avait les joues luisantes de larmes et ses yeux reflétaient un chagrin immense.

— Sam ! Que se passe-t-il ? avait-elle murmuré.

— Pourquoi m'as-tu suivi jusqu'ici ? Ne vois-tu pas que je veux être seul ? avait-il répliqué d'un ton dur.

— Sam, que s'est-il passé ?

— Tu n'as pas entendu la nouvelle, au journal télévisé ?

— Quelle nouvelle ?

Il avait passé une main tremblante dans ses courts cheveux noirs, puis sa voix s'était brisée.

— Alix a été tuée... au cours d'un reportage à l'étranger.

— Oh ! Sam !

Elle s'était avancée vers lui tandis qu'il se courbait dans un sanglot. Mais au lieu de le prendre dans ses bras, comme elle en avait envie, elle était restée les mains croisées, impuissante. Il sanglotait si fort, à présent... Et elle n'avait que de banales paroles de réconfort à lui offrir.

— Je suis désolée, avait-elle simplement murmuré.

Elle était restée auprès de lui, silencieuse. Au bout d'un moment, il avait paru se calmer. Ils avaient marché sur le sable, jusqu'au vieil arbousier qui semblait marquer la frontière entre la plage et la forêt. Ils s'étaient assis là, au clair de lune. Meg murmurait doucement des paroles de consolation tandis que Sam s'abandonnait à sa douleur.

Quand tout avait-il basculé ? Etait-ce au moment où, le voyant pleurer, elle l'avait pris dans ses bras, ou bien lorsqu'il l'avait serrée contre lui, parce qu'elle sanglotait à son tour ?

Elle se souvenait d'avoir caressé le dos nu de Sam tandis qu'il pleurait, le visage enfoui dans son cou, les mains dans ses longs cheveux blonds.

Et puis, il avait poussé un soupir de désespoir et ses lèvres avaient glissé sur les siennes. Comme par enchantement, ses mains s'étaient posées sur sa poitrine et il l'avait embrassée avec une ardeur qui l'avait bouleversée.

Ensuite, tout s'était déroulé très vite, comme dans un rêve... Il l'avait possédée avec une passion désespérée, et elle n'avait pas fait le moindre geste pour l'arrêter. Comment aurait-elle pu ?

Lorsqu'elle s'était levée pour se rhabiller, il avait marché nu jusqu'à l'océan, comme un automate. Meg avait retenu un cri. Allait-il commettre l'irréparable ? Elle avait attendu, le cœur battant. Mais il avait nagé durant de longues, d'interminables minutes avant de regagner le rivage.

Où avait-elle trouvé la force de ne pas courir vers lui ? D'instinct, elle avait compris qu'il avait besoin d'être seul. Songeant soudain que Deirdre s'inquiéterait de son absence, elle avait décidé de rentrer chez elle. Avant de quitter la plage, elle s'était retournée et avait regardé l'arbousier. C'est là qu'elle avait laissé sa virginité, son cœur...

— Tout va s'arranger, Meg, déclara Deirdre en pénétrant dans la cuisine, tirant la jeune femme de sa rêverie. Sam dit qu'il prévoit de faire beaucoup de voile et de randonnées. Nous ne le verrons guère ici.

Meg se détourna lentement de la fenêtre.

— Que fait-il, en ce moment ?

— Il prend une douche. Il est fatigué, après toute cette route.

Meg poussa un soupir de soulagement.

— Parfait ! J'ai cru que cette soirée ne finirait jamais.

— Le pire est passé, Meg.

— Tu oublies qu'il n'a pas encore vu Andy ! Je ne serai pas tranquille avant que le mariage soit terminé et qu'il soit rentré à Portland.

— A propos, il m'a demandé qui était Andy. Chez Elsa, il avait cru comprendre que nous avions un pensionnaire. Un homme adulte, pas un enfant.

— Et que lui as-tu dit ?

Deirdre haussa les épaules d'un air impuissant.

— La vérité ! Que c'était ton fils.

— Il n'a pas posé d'autre question ?

— Il a paru très surpris. J'ai seulement ajouté qu'Andy était en vacances et je suis partie avant qu'il ait le temps de me questionner davantage.

— Tu sais, j'ai enlevé toutes les photos d'Andy où il souriait.

— Tiens, je n'ai rien remarqué.

— Excusez-moi, mesdames !

Meg tressaillit. Que faisait Sam ici ? Elle ne l'avait pas entendu pousser la porte, ni marcher dans le couloir. Il se tenait sur le seuil, les tempes encore humides, comme s'il s'était passé de l'eau sur le visage.

Avait-il surpris leur conversation ? Meg scruta ses traits avec intensité.

— Oui ? répondit-elle d'un ton sec.

— Je voulais seulement vous souhaiter une bonne nuit. Et te remercier de me laisser la chambre de ton fils, Meg.

— Tu le remercieras lorsqu'il reviendra.

— Il a l'air d'un beau garçon. Il est sportif, n'est-ce pas ?

— Oui.

— Il m'est déjà très sympathique, ajouta Sam en s'appuyant au montant de la porte.

Il regarda autour de lui en souriant.

— Eh bien ! Cela fait au moins seize ans que je n'étais pas rentré dans cette pièce ! Elle n'a guère changé...

— Deirdre m'a dit que tu étais fatigué, dit Meg. Nous ne voudrions pas te retenir. Tu as eu une dure journée.

— Meg ! s'écria Deirdre, scandalisée.

— Ce n'est rien. Meg a raison, dit Sam en étouffant un bâillement. Je tombe de sommeil. A propos, pourrai-je avoir une clé de la maison ? Je risque de me lever tôt, demain, et je ne voudrais pas laisser la porte ouverte derrière moi.

— Meg, tu as une clé supplémentaire dans ton sac à main, non ?

Sans un mot, Meg prit son sac sur la table et en sortit une clé. Sam s'approcha. Il était tellement près qu'elle sentait son souffle dans son cou...

Elle lui tendit la clé.

— Merci. Est-ce la clé de devant ou de derrière ?

— C'est la même clé pour les deux serrures, répondit-elle d'un ton sec. Bonne nuit, Sam.

— Bonne nuit à vous deux. Je suis vraiment content d'être revenu à Seashore. Et j'apprécie votre hospitalité...

— Tout le plaisir est pour nous, Sam, répliqua Deirdre. Bonne nuit.

Après que Sam eut fermé la porte derrière lui, un silence pesant se fit dans la pièce.

— Pourquoi t'es-tu montrée si grossière, Meg ? s'écria Deirdre.

— Je ne me suis pas montrée plus grossière que lui, il y a treize ans...

— Tout à l'heure, j'ai senti la tension entre vous. Etiez-vous en train de parler de cette nuit-là ?

— Il n'y a pas fait la moindre allusion ! Et crois-moi, je ne m'abaisserai pas à le faire non plus. Il se conduit comme si rien ne s'était passé. Quelle idiote j'ai été ! Il m'a déjà rayée de sa mémoire. Voilà qui en dit long sur le véritable Sam Grainger, non ?

— Je n'y comprends rien, Meg. James et lui sont amis depuis si longtemps ! Tu sais à quel point James est honnête et intègre. Je ne peux pas imaginer qu'il estime Sam sans raison.

— James ignore que son meilleur ami a fait l'amour avec moi et n'a jamais daigné se manifester ensuite auprès de moi. Si James savait que Sam est le père d'Andy, il changerait vite d'opinion sur son éminent confrère !

— Meg, j'ai vraiment confiance dans le jugement que James porte sur les gens. Peut-être Sam avait-il une très bonne raison pour ne pas te contacter.

— Ah oui ? Laquelle ?

— Je ne sais pas. Ecoute, Meg, nous avons parlé de cela des milliers de fois et nous n'avons jamais trouvé de réponse.

— Parce qu'il n'y en a pas, tout simplement ! Cet homme n'a pas le moindre sens des responsabilités. J'aurais vraiment préféré ne jamais le rencontrer ! Mais je ne regrette pas un seul instant d'avoir mis Andy au monde...

Elle s'interrompit brusquement, envahie par une peur soudaine.

— Mon Dieu, Deirdre ! Imagine qu'il découvre la vérité et qu'il veuille me prendre Andy ! Un garçon de son âge a besoin d'un père. S'il devait aller vivre avec Sam et Alix, je ne le supporterais pas !

— Voyons, Meg, cesse de t'inquiéter. Sam n'a aucune raison de découvrir la vérité. Toi et moi sommes les seules à la connaître, et ce n'est certainement pas moi qui parlerai !

— Moi non plus ! Jamais il n'apprendra rien de ma bouche !

⁂

Le bruit de l'océan et le cri sauvage d'une mouette réveillèrent Sam de très bonne heure. « Où suis-je ? » se demanda-t-il pendant quelques instants. Il tourna la tête et, en voyant les photographies fixées au mur, il se souvint qu'il se trouvait chez les Stafford, dans la chambre du fils de Meg.

Il se redressa alors en souriant et repoussa une lourde mèche de cheveux noirs. Puis il se leva et alla soulever le store vénitien qui masquait la fenêtre. Un soleil éblouissant l'accueillit.

A l'horizon, l'océan scintillait à perte de vue, bordé par une plage de sable fin totalement déserte. « Parfait pour un jogging matinal », se dit-il. Il serait rentré lorsque la maisonnée se réveillerait et pourrait prendre une douche sans déranger Deirdre ni sa sœur.

Il enfila un short, s'étira, mit ses baskets et sortit silencieusement de la maison par la porte du jardin. La plage s'étendait à ses pieds. Il commença à courir, atteignit le sable humide et, après une brève hésitation, prit la direction du sud. Vers l'Auberge du Bord de Mer.

L'air marin lui emplissait les poumons tandis qu'il prenait un rythme régulier, tranquille. « Voilà la vraie vie, se dit-il, loin de la foule, près de la nature... » Il était tombé amoureux de Seashore dès l'instant où James l'y avait amené, autrefois. Comme il avait envié son ami, d'être né ici et d'y avoir grandi !

— Il faudra pourtant que je quitte Seashore pour de bon, quand je serai diplômé, avait déclaré James. Jamais je ne parviendrai à gagner ma vie comme avocat dans une si petite ville.

James était devenu associé dans un cabinet d'avocats de Seattle, tandis que Sam s'installait à Portland, sa ville natale. Mais Seashore était demeuré pour lui l'image même du paradis. Un paradis inaccessible...

Haletant, Sam s'aperçut qu'il n'était plus qu'à mi-chemin de l'Auberge. L'élégant bâtiment de deux étages dominait la plage. Son toit d'ardoises pentu luisait au soleil et ses murs bleus lui donnaient un air à la fois ancien et coquet. Les rideaux bleu et blanc des fenêtres ondulaient au vent et des parasols protégeaient les tables installées sur la terrasse. Une pelouse bien entretenue descendait en pente douce vers la plage. L'auberge tout entière était entourée d'un écrin de verdure.

Sam plissa les yeux. Il y avait un objet étrange, sur la pelouse. Un écriteau. Mais il était encore trop loin pour le lire. Intrigué, il accéléra le pas.

Meg s'appuya contre le tronc rouge de l'arbousier, la poitrine encore haletante. Ce matin, elle avait couru encore plus vite que d'habitude, afin d'être rentrée et douchée avant que Sam Grainger ne descende prendre son petit déjeuner. Sans doute avait-elle présumé de ses forces car, parvenue à son but habituel, ce petit arbre au bout de la plage, elle était à bout de souffle.

Elle s'allongea quelques minutes pour se reposer puis, au moment de se lever, elle aperçut un écriteau de bois au milieu de la pelouse. Il n'y était pas la veille.

Meg plissa les yeux pour déchiffrer l'inscription, puis s'adossa de nouveau contre le tronc d'arbre. Elle n'arrivait pas à y croire ! C'était pourtant écrit noir sur blanc : AUBERGE À VENDRE. S'adresser au Cabinet Burton Barton.

Meg posa une main sur son cœur. L'Auberge du Bord de Mer, où elle travaillait depuis treize ans, était jetée en pâture au plus offrant ! Elle frissonna. Pourquoi Mark, le propriétaire, ne l'avait-il pas prévenue qu'il voulait vendre ? Qui serait l'acquéreur ? Et surtout, risquait-elle de perdre son travail ?

Mark l'avait promue directrice adjointe une semaine auparavant. Elle devait prendre son nouveau poste en septembre, lorsque Deborah partirait à la retraite. Meg appréciait énormément cette promotion. Les responsabilités n'étaient pas pour lui déplaire et son salaire serait nettement amélioré !

Et voilà que tout cela risquait de s'écrouler. Le nouveau propriétaire installerait probablement sa propre équipe. Dans ce cas, elle se retrouverait au chômage pour la première fois de sa vie.

Meg soupira et repoussa ses cheveux humides de sueur. Soudain, un bruit de pas attira son attention. Relevant la tête, elle vit Sam Grainger s'avancer vers elle. Il ne portait qu'un short et des baskets ornés du sigle d'une coûteuse marque de vêtements de sport. Une vague de ressentiment envahit la jeune femme. Elle aurait pu nourrir Andy pendant trois mois, avec l'argent que son père dépensait pour une seule tenue !

— Bonjour, Meg ! lança-t-il lorsqu'il fut à quelques mètres. Tu es sur le chemin du retour ?

Elle acquiesça sèchement.

— Dans ce cas, suis-moi !

Sans attendre la réponse de la jeune femme, il tourna les talons et se remit à courir d'un pas souple. Meg serra les poings de colère. Elle n'avait d'ordre à recevoir de personne, et surtout pas de Sam Grainger ! D'un autre côté, elle ne pouvait pas passer la matinée ici...

Elle se mit donc en route, mais resta délibérément en arrière. Au bout de quelques foulées, sa contrariété se mua en trouble. Les yeux rivés sur le corps athlétique de son compagnon, elle ne pouvait qu'admirer ses puissantes épaules, ses hanches étroites, sa démarche féline...

Au prix d'un énorme effort de volonté, la jeune femme parvint à détacher son regard et se tourna vers l'océan. Mais sa résolution ne dura guère. Sam était si agréable à regarder ! Tout en lui indiquait la force, l'aisance, la sérénité.

Pourtant, cet homme l'avait bel et bien chassée de son existence, treize ans auparavant...

En entendant Meg courir derrière lui, Sam jeta un coup d'œil par-dessus son épaule et découvrit son visage crispé et ses yeux bleus qui lançaient des éclairs.

Sam eut envie de rire, mais se retint, de peur de vexer sa compagne. Meg Stafford était vraiment hors du commun! Stafford? Elle ne devait plus s'appeler comme cela, à présent, à en juger par la photographie au cadre doré qu'il avait vue dans la chambre d'Andy. Mais où était le père de l'enfant, en ce moment?

Il n'y avait aucun signe de présence masculine dans la salle de bains. Cependant, il n'en tirait aucune conclusion. Le mari de Meg pouvait très bien être en vacances avec son fils, ou en voyage d'affaires.

Sam ralentit l'allure pour permettre à la jeune femme de le rattraper. Cependant, arrivée à sa hauteur, Meg le dépassa sans même un regard. Ses pas laissaient des empreintes dans le sable, comme une invitation à la suivre...

Sam s'élança, piqué au vif. Elle courait vite et il ne la rattrapa qu'à quelques mètres de la maison. Mais, alors qu'il courait avec aisance à son côté, Meg était rouge et haletante.

Elle avait voulu lui donner une leçon? Eh bien, il lui avait rendu la monnaie de sa pièce!

— Ralentis deux secondes! lança-t-il. Je voudrais te parler.

Il regretta aussitôt ses paroles. Meg s'élança comme s'il l'avait piquée avec un aiguillon. Sam eut tout de même le temps de voir l'expression de désarroi qui s'était peinte sur les traits de la jeune femme. Et, à sa grande surprise, elle fila non vers la maison, mais vers la mer.

Elle ne s'arrêta qu'une fois au bord de l'eau, pour se débarrasser de ses baskets. Puis, encore vêtue de son short blanc et de son débardeur rose, elle plongea dans les vagues.

3.

Sam venait de terminer ses exercices d'assouplissement lorsque Meg sortit de l'eau. Les mains sur les hanches, il regarda la jeune femme marcher sur la plage. Elle paraissait vraiment furieuse !

Etait-ce parce qu'il l'avait rejointe ? Il ne put retenir un petit rire. Si elle se voyait, en ce moment, elle serait vraiment courroucée : ses vêtements mouillés la moulaient comme une seconde peau et, sous son short blanc, apparaissait un slip rose vif avec des petites fleurs noires.

Meg n'avait aucune idée du spectacle qu'elle offrait ! Fusillant Sam du regard, elle lui tourna le dos pour enfiler ses baskets. « De mieux en mieux ! » songea Sam, les yeux rivés sur les formes parfaites de cette naïade.

Alors, elle se leva, et Sam sentit une onde de désir l'envahir. Son T-shirt moulait les globes parfaits de ses seins, et l'eau ruisselait sur son beau visage...

— Qu'est-ce que tu attends ? demanda-t-elle d'un ton glacial.

— Tu n'as pas répondu à ma question concernant le père d'Andy.

— Je suis divorcée, déclara-t-elle en secouant la tête.

Des gouttelettes éclaboussèrent la poitrine de Sam.

— De toute façon, reprit-elle, cela ne te regarde pas. J'ai épousé Jack, notre mariage n'a pas tenu et nous nous sommes séparés. A l'amiable, ajouta-t-elle avant de se détourner pour reprendre son chemin.

Il lui emboîta le pas sans hésiter.

— Et où est-il, maintenant ?

— Il a déménagé. Nous n'avons plus aucun contact.

— Ce doit être difficile pour Andy ?

Meg s'arrêta si brusquement qu'il se heurta à elle, lui faisant perdre l'équilibre. Il la rattrapa juste à temps et l'attira contre lui.

— Ce n'est pas trop dur pour ton fils ? insista-t-il.

Meg tremblait de tout son corps. Avait-elle froid ? se demanda Sam. Ou bien était-elle moins forte qu'elle ne voulait le faire croire ? L'échec de son mariage l'avait peut-être traumatisée. Il était bien placé pour savoir à quel point une telle expérience pouvait blesser.

— Meg, commença-t-il, plein de compassion. Tu peux me parler sans crainte.

— Tu me fais mal ! s'écria-t-elle en le repoussant d'une secousse. J'ai accepté de te recevoir pour faire plaisir à James et à Elsa. Mais je te conseille de ne pas me provoquer. Si tu continues à te mêler de ce qui ne te regarde pas, je n'hésiterai pas à jeter tes affaires par la fenêtre. Suis-je assez claire ?

Elle fila avant qu'il ait eu le temps de répondre. Il la regarda courir jusqu'à la route, traverser son jardin et disparaître dans la maison. Que fuyait-elle au juste ?

Sam demeura immobile, en proie à des émotions contradictoires. Décidément, cette femme demeurait une énigme ! Plus il essayait d'en apprendre sur elle, et plus elle s'éloignait. Pourtant, il ne renoncerait pas. Avant de partir, il saurait ce qui la perturbait à ce point !

Atterrée, Meg contemplait son reflet dans le miroir de la salle de bains. Voilà donc pourquoi Sam l'avait regardée d'un air si fasciné. Elle semblait sortir tout droit d'un magazine érotique !

Son T-shirt révélait la forme de ses seins et son slip rose

semblait mis en valeur par son short, qui lui collait à la peau comme un voile transparent. Jamais elle n'avait été aussi mortifiée !

La jeune femme pivota et ouvrit le robinet de la douche. Puis elle se défit de ses vêtements mouillés et laissa l'eau brûlante couler longuement sur son corps. Il fallait absolument qu'elle se raisonne, qu'elle vainque la peur que lui inspirait Sam Grainger. Sinon, elle ne parviendrait pas à calmer l'angoisse qui la rongeait.

Tout d'abord, il était manifestement attiré par elle. Le fait d'être marié n'avait pas l'air de le gêner le moins du monde ! Et malheureusement, elle partageait la même attirance.

Meg se frotta vigoureusement les cheveux. Lorsque Sam l'avait revue, avait-il pensé à leur nuit sur la plage ? S'était-il rappelé la passion ardente qui s'était emparée d'eux ? La façon dont elle s'était arc-boutée contre lui tandis qu'il la caressait ?

Se souvenait-il des gémissements de plaisir qu'elle avait poussés dans ses bras ? Du désir impérieux qui l'avait envahie, tandis qu'il caressait sa gorge, son ventre ?

Ce qui s'était passé entre eux, cette nuit-là, avait été pour Meg une véritable révélation. Jamais encore elle n'avait éprouvé une telle extase. Elle avait eu l'impression d'entrer dans une autre dimension, d'atteindre des sommets inaccessibles. Rien ni personne n'avait pu effacer ce souvenir, depuis treize ans.

Sam Grainger, en revanche, avait oublié leur étreinte quelques instants à peine après leur séparation. Chaque fois qu'il la regarderait avec des yeux pleins de désir, elle devait se rappeler cette cruelle évidence. Car il voulait sans doute renouveler l'expérience, à présent, mais jamais plus elle ne lui céderait !

Comment se faisait-il, cependant, qu'elle fût aussi attirée par un homme totalement dénué de scrupules ? Elle n'avait pour lui que mépris et rancœur mais dès qu'il approchait, elle oubliait tout !

⁂

Sam suivit le même chemin que Meg pour regagner la maison. Il se rendit tout de suite dans la cuisine. Deirdre se trouvait déjà aux fourneaux et une succulente odeur de bacon grillé remplissait la pièce. En entendant la porte s'ouvrir, elle se retourna, la spatule à la main.

Ses longs cheveux auburn étaient encore humides de la douche. Vêtue d'une jupe de toile et d'un chemisier bleu, elle resplendissait de fraîcheur. Cependant, elle accueillit son visiteur avec des sourcils froncés, le regard rivé sur les traces d'humidité que Sam avait laissées dans le couloir.

— Je crois deviner, murmura-t-elle avec un sourire. Tu t'es disputé avec Meg et tu l'as jetée à l'eau.

— Pas du tout ! Elle s'est baignée, c'est tout. Et nous ne nous sommes pas disputés.

Il s'interrompit un instant et écouta le bruit qui provenait de l'étage. Meg était sous la douche. Il pouvait donc parler librement.

— Elle a beaucoup changé, Deirdre. Si je m'en souviens bien, elle n'était pas aussi susceptible autrefois. Elle m'a dit qu'elle avait divorcé, et je lui ai simplement demandé si ce n'était pas trop dur pour son fils de ne pas voir son père ! Ça l'a rendue folle de rage.

Soudain, la spatule tomba au sol. Deirdre se baissa pour la ramasser mais lorsqu'elle se releva, elle rougissait toujours.

— Pardon, marmonna-t-elle en prenant une autre spatule dans un tiroir, tu disais ?

Pourquoi cette subite nervosité ? se demanda Sam, éberlué. Deirdre se comportait comme sa sœur lorsqu'il lui avait parlé de son mari. Apparemment, il avait mis le doigt sur un sujet sensible.

— Eh bien, je disais que Meg ne doit pas aimer parler de son ex-mari. Je la comprends. Un divorce est toujours pénible, même lorsqu'on se sépare à l'amiable...

Il allait franchir le seuil de la cuisine lorsque la voix de Deirdre l'arrêta.

— Sam ?

Il se retourna et haussa les sourcils d'un air interrogateur.

— Oui ?

— Jack n'était pas fait pour être père. Il n'avait jamais de temps pour Andy.

— Je vois. Son fils ne l'a pas vraiment regretté, c'est ça ?

Deirdre hocha la tête.

— Après le divorce, Meg et Andy n'ont plus jamais parlé de lui. Il vaut mieux éviter le sujet, tu comprends ?

— Tout à fait. Merci de m'avoir expliqué, Deirdre.

Sam monta l'escalier en se faisant une foule de reproches. Il s'était comporté comme le dernier des idiots, en interrogeant Meg comme il l'avait fait. Quel démon l'avait poussé à se mêler de sa vie privée ? Il l'avait offensée, blessée, peut-être ?

Lorsqu'il parvint à l'étage, la porte de la salle de bains était fermée. A l'intérieur, Meg se séchait les cheveux. Sam gagna donc sa chambre et s'immobilisa en voyant la photographie de famille accrochée au mur. Il s'approcha. Si Deirdre disait vrai, pourquoi Andy conservait-il une photo de son père ?

Il observait les traits de l'inconnu, songeur, lorsqu'un bruit le fit se retourner. Meg se tenait dans le couloir, drapée dans un peignoir rose.

— La salle de bains est libre, déclara-t-elle d'un ton sec.

Soudain, le regard de la jeune femme tomba sur la photographic. Elle tressaillit et une expression de panique se peignit sur son visage. Sam était plus qu'intrigué. Que redoutait-elle ? Qu'il la questionne encore ?

— Merci, répliqua-t-il.

Soulagée, Meg s'éloigna sans un mot. Mais pour Sam, le mystère était total.

⁂

— Pourquoi es-tu venu plus tôt que prévu, Sam? demanda Deirdre.

Comme ce dimanche était des plus ensoleillé, Deirdre avait servi le petit déjeuner dans le patio. Meg ne mangeait jamais rien, le matin. Pendant que Deirdre et Sam se régalaient de saucisses et de bacon, elle s'était servi une tasse de café, comme à son habitude. Ensuite, laissant sa sœur faire la conversation à leur invité, elle s'était plongée dans la lecture du journal.

Certes, ce n'était guère poli. Mais si elle était obligée de supporter Sam Grainger dans sa propre maison, elle était bien décidée à ne lui accorder aucune attention!

— Je venais de conclure une affaire de divorce particulièrement pénible, expliqua Sam. Les parents se servaient de leurs deux enfants pour faire pression l'un sur l'autre. Je croyais m'être endurci, avec l'expérience, mais je dois dire que cette affaire-là m'a touché. J'avais besoin de partir un peu.

— Eh bien, tu es venu au bon endroit! Seashore va beaucoup me manquer quand j'irai vivre à Seattle, déclara Deirdre. J'ai l'impression de rêver, parfois... James et moi, nous nous connaissons depuis toujours! Cela nous a vraiment surpris, lorsque nous avons découvert que notre amitié s'était transformée en un autre sentiment.

— On ne peut guère parler de coup de foudre, en effet! dit Sam en riant.

— Ce n'est pas comme toi et Alix, dit-elle en se tournant vers Meg. Meg, sais-tu comment Sam a rencontré Alix? C'est très romantique...

Pourquoi sa sœur la torturait-elle ainsi? Ne se rendait-elle pas compte du supplice qu'elle lui infligeait? Meg tenta de reprendre son calme avant de répondre.

— Pardon? murmura-t-elle en levant les yeux de son journal. Tu m'as parlé?

— Je te demandais si tu connaissais l'histoire de la rencontre de Sam et d'Alix.

— Non.

Meg plia le journal avec un soin exagéré et regarda sa montre.

— Mon Dieu ! Tu as vu l'heure ? s'exclama-t-elle en se levant. Excusez-moi. Il faut que j'aille travailler. Je vais être en retard.

Deirdre rougit jusqu'à la racine des cheveux, et Meg se mordit la lèvre. Elle faisait vraiment preuve d'une grossièreté sans pareille. Même si Sam s'était montré cynique à son égard, elle n'avait pas le droit d'en faire subir les conséquences à Deirdre.

— Désolée, murmura-t-elle en se tournant vers Sam. Tu me raconteras cela ce soir, au dîner, n'est-ce pas ?

Elle déposa un baiser sur la joue de sa sœur et s'éloigna.

Restés seuls, Sam et Deirdre demeurèrent silencieux un long moment. Sam fut le premier à parler.

— Où travaille-t-elle ? s'enquit-il.

— A l'Auberge du Bord de Mer. Elle est réceptionniste en chef.

— Elle y est depuis longtemps ?

Au grand étonnement de Sam, Deirdre le dévisagea d'un air hagard. Sa question n'avait pourtant rien d'extraordinaire !

— Meg a débuté comme serveuse au restaurant de l'auberge après son bac, répondit-elle en versant du café dans leurs tasses vides. En fait, elle a commencé le jour même où tu es arrivé à l'auberge pour ta convalescence, il y a treize ans.

Sam n'avait pas le moindre souvenir d'avoir croisé la jeune femme à cette époque. Tout ce qu'il se rappelait de son séjour d'alors, c'était l'immense chagrin qui s'était abattu sur lui en apprenant la mort d'Alix. Le lendemain matin, un autre bulletin d'information l'informait que sa femme était toujours en vie. Certes, l'accident de l'hélicoptère avait bien eu lieu. Mais au moment d'embarquer, Alix avait été saisie de violentes douleurs au ventre. Elle avait été hospitalisée d'urgence pour une opération de l'appendice.

Cependant, Sam avait oublié ce qu'il avait fait entre l'annonce de la mort de sa femme et celle l'informant qu'elle était saine et sauve. La faute en incombait sans doute à l'alcool qu'il avait ingurgité, alors qu'il prenait des médicaments. Le mélange l'avait sans doute rendu amnésique.

— Ah ! Tu es levé, Sam !

La voix de James arracha Sam à ses pensées. Son ami venait de franchir le portail du jardin. Il déposa un baiser sur les lèvres de Deirdre avant de s'asseoir près de Sam.

— Alors ? Qu'est-ce qui est prévu, aujourd'hui ? demanda-t-il gaiement.

— Nous avons rendez-vous avec l'organiste de l'église, répondit Deirdre. Ensuite, le pasteur nous attend à 11 heures. Et après le déjeuner, il faut conduire Elsa à Larch Grove pour qu'elle s'achète des chaussures. J'ai bien peur que nous ne soyons guère disponibles, aujourd'hui, Sam, conclut-elle avec un sourire d'excuse.

— Ne vous inquiétez pas pour moi !

En fait, il avait hâte d'être seul. Il se sentait si vide, si peu satisfait de lui-même, que la compagnie de ses amis finissait par lui peser, tant il devait faire d'efforts pour se montrer enjoué. Et il ne voulait à aucun prix qu'ils devinent son malaise. De toute façon, après une semaine dans ce petit paradis, loin de ses soucis, il irait beaucoup mieux.

Il frissonna. La seule perspective de rentrer à Portland, après le mariage, l'emplissait de tristesse. Il détestait son travail chaque jour davantage. Mais quelle alternative avait-il ?

— Vous voilà enfin ! murmura Meg en regardant le propriétaire de l'auberge entrer dans le hall.

Elle finit d'arroser le bégonia en pot près du classeur et rangea l'arrosoir sous le bureau de la réception. Puis elle attendit que Mark la rejoigne.

— Bonjour, Marguerite, répliqua-t-il avec un large sourire. Comment te sens-tu, après ton jour de congé ?

Mark O'Driscoll était encore bel homme pour ses soixante-dix ans. C'était la seule personne au monde qui appelait Meg par son prénom complet. Lorsqu'il lui avait fait passer un entretien, treize ans auparavant, il avait utilisé le prénom inscrit sur le curriculum vitæ de la jeune femme.

A l'époque, elle n'avait pas osé lui préciser que tout le monde l'appelait Meg. Et lorsqu'elle s'était sentie assez à l'aise pour le faire, les habitudes étaient prises. Par la suite, elle avait appris que la femme de Mark, morte peu de temps après leur trentième anniversaire de mariage, s'appelait elle aussi Marguerite. Elle n'avait jamais eu le courage de corriger son employeur.

Mais en ce moment, elle se sentait de taille à l'affronter. Il était devenu un ami, au fil des années. Or les amis ne devaient pas avoir de secret les uns pour les autres...

— J'allais très bien, jusqu'à ce que je voie l'écriteau sur la pelouse, répliqua-t-elle. Bon sang, Mark ! Tu as toujours juré que tu ne quitterais l'auberge qu'une fois mort ! Or tu es bien vivant. Tu es même resplendissant de santé.

Son regard se posa sur les cheveux poivre et sel, la chemise jaune, le pantalon blanc de son employeur.

— C'est à croire que tu rajeunis, ajouta-t-elle d'un ton presque méfiant.

Le sourire de Mark s'élargit.

— Tu trouves ? Vraiment ?

Il avait l'air si heureux que les soupçons de Meg augmentèrent. Mark avait un secret qui lui brûlait les lèvres. La jeune femme se radoucit.

— Que se passe-t-il, Mark ?

Il s'approcha si près que Meg sentit l'odeur citronnée de son after-shave.

— Ma petite Marguerite, je vais me remarier.

Meg le dévisagea, bouche bée.

— Avec Deborah, ajouta-t-il en riant.

Deborah ? Sa fidèle directrice adjointe qui devait partir à la retraite le mois prochain ?

— Comment ? s'exclama Meg. Mais Deborah et toi ne cessez de vous chamailler depuis des années !

— C'est vrai, reconnut Mark d'un air navré. Mais lorsqu'elle m'a annoncé qu'elle partait, j'ai compris à quel point je tenais à elle. De plus, elle n'a pas l'intention de passer sa retraite à Seashore mais de voyager dans le monde entier. Elle a rêvé de cela toute sa vie. Lorsque je lui ai dit qu'elle me manquerait énormément, sais-tu ce qu'elle a répondu ? « Eh bien, vous n'avez qu'à venir avec moi ! » Je n'ai pas perdu une seconde. « Serait-ce une proposition de mariage ? » lui ai-je dit. A quoi elle a rétorqué qu'elle n'avait pas l'intention de vieillir dans le péché. Alors, voilà...

— Oh ! Mark ! Comme je suis contente pour vous deux ! s'écria Meg, très émue.

Elle serra son employeur dans ses bras.

— Au sujet de ta promotion..., commença Mark.

— Elle sera invalidée par le nouveau propriétaire, n'est-ce pas ?

— Oui, malheureusement. Mais je compte bien faire un rapport très flatteur sur ton travail. Quelle que soit la personne qui rachètera l'auberge, je la convaincrai de t'embaucher. Tu peux compter sur moi.

— Merci, Mark. Je ne me fais pas de souci. L'important, c'est que Deborah et toi profitiez de votre retraite. Vous avez bien mérité d'être heureux, tous les deux...

Après le départ de son employeur, Meg s'assit à son bureau, le cœur serré. Comme elle enviait le bonheur de Mark ! Pourquoi n'arrivait-elle jamais à rencontrer un homme qui lui convenait ? Etait-ce sa faute ? Etait-elle trop exigeante ? Elle n'attendait pourtant pas le prince charmant. En fait, elle avait perdu toutes ses illusions avec Sam Grainger, treize ans auparavant. Et Jack s'était chargé de détruire les derniers rêves de bonheur qui lui restaient alors.

Elle était devenue réaliste, lucide, et ne croyait plus à l'amour. Car désormais, elle voyait les hommes avec tous leurs défauts, et savait qu'ils pouvaient se montrer charmants et n'être que des mufles, comme Sam Grainger. Certes, une femme romantique pouvait aisément tomber amoureuse d'un personnage tel que lui, beau, riche, séduisant... Pourtant, lorsqu'on le connaissait, il était menteur, froid et irresponsable.

— Bonjour, madame.

Mme Morgan, de la chambre 215, se tenait devant le bureau.

— Mon mari et moi souhaiterions commander un pique-nique. Végétarien, s'il vous plaît.

— Bien sûr, madame Morgan. Je m'en occupe tout de suite.

Meg se concentra sur son travail. Mais elle eut beau s'efforcer d'oublier ses problèmes, ils revinrent la tourmenter. A 17 heures, lorsqu'elle quitta son service, elle était plus préoccupée que jamais.

Tout le long du chemin de retour, elle espéra que Sam Grainger ne serait pas à la maison. Elle avait bien besoin de tranquillité ! Lorsqu'elle arriva à Seaside Lane, ses prières furent exaucées. La Porsche de Sam n'y était pas garée.

— Sam a laissé un mot, expliqua Deirdre. Il rentrera tard.

Meg poussa un soupir de soulagement.

— Je crois qu'il a peur de nous gêner, ajouta Deirdre.

— C'est ma faute, avoua Meg avec une grimace penaude. Mais j'avais résolu d'être aimable pendant le dîner. En fait, j'ai d'autres soucis, en ce moment. Si tu savais ce qui se passe, Deirdre ! Je t'ai téléphoné plusieurs fois, mais tu n'étais pas là. Regarde, déclara-t-elle en prenant une brochure dans son sac à main. Mark vend l'Auberge !

Deirdre jeta un rapide coup d'œil au document de l'agence immobilière.

— Je sais, dit-elle. James et moi avons pris un café au *Hava-Java* et nous avons remarqué l'annonce dans la vitrine du Cabinet Burton, en face. Pourquoi vend-il, Meg ?

La jeune femme se laissa tomber dans un fauteuil et raconta à sa sœur son entretien avec Mark. Deirdre aimait Deborah autant que sa sœur, et la nouvelle de son mariage la réjouit. Mais l'avenir de Meg était menacé.

— Cela tombe vraiment mal, dit Deirdre, préoccupée. Avec les traites de la maison !

Meg acquiesça. Mark n'aurait pu choisir pire moment ! Elles avaient hérité conjointement de la maison familiale lors de la mort de leur mère, quinze années auparavant. Mais la semaine dernière, Deirdre lui avait fait don de sa part. Une fois sa sœur mariée, Meg serait seule propriétaire.

C'était très généreux de la part de Deirdre, et Meg l'avait chaleureusement remerciée. Mais ce legs signifiait aussi qu'elle serait seule à payer les hypothèques qui pesaient encore sur la maison.

— Cela ne devrait pas poser de problème, avec ton nouveau salaire, avait dit Deirdre. Tu comprends, James et moi n'avons pas les moyens d'entretenir deux maisons.

Cela semblait en effet le meilleur des arrangements, à ce moment-là. Mais maintenant, cela devenait un fardeau pour Meg. Cependant, elle se refusait à gâcher le bonheur de sa sœur.

— Ne te fais pas de souci, Deirdre. Je me débrouillerai. Au pire, je prendrai des pensionnaires.

Malgré son ton enjoué, Meg était dévorée d'inquiétude. La seule idée de devoir vivre avec des étrangers lui déplaisait.

Elle dîna seule, puis fit une longue promenade sur la

plage. Si seulement l'air marin avait pu la délivrer de sa migraine ! Mais elle se coucha sans que sa douleur se soit apaisée.

Il était tard dans la nuit lorsqu'elle entendit la voiture de Sam se garer dans l'allée.

Sam entra sans bruit par la porte de derrière. Cette journée sur la côte l'avait épuisé. Mais il avait enfin réussi à se détendre un peu. Il s'était promené, avait dégusté un plateau de fruits de mer au pub de Seashore et bavardé autour d'une bière avec d'autres clients.

Il étouffa un bâillement et alluma la lumière. L'air marin était si apaisant qu'il dormirait comme un loir, ce soir ! En traversant la cuisine, il aperçut une brochure sur la table. Immédiatement, il reconnut la photographie de l'Auberge du Bord de Mer. Meg avait dû en rapporter ce document.

Il le prit distraitement. Une feuille s'en échappa. Etonné, il lut la description immobilière, le nombre de mètres carrés, de chambres, le prix demandé, qui lui sembla très élevé.

Remettant le descriptif à sa place, il posa la brochure sur la table. Mais, dix minutes plus tard, au moment de s'endormir, l'image de l'Auberge surgit devant ses yeux. Certes, le prix était élevé. Mais il pouvait se négocier, non ? Alix et lui avaient déjà vendu leur belle maison de Portland et s'étaient partagé leurs autres biens.

Il avait insisté pour qu'elle conserve son appartement londonien. Il le lui avait acheté, dix ans auparavant, pour qu'elle ait un pied-à-terre en Europe. Comme elle travaillait, elle ne lui avait pas demandé de pension. Juste un dédommagement, énorme, mais qu'il avait payé sans sourciller. A présent, il lui restait assez pour acheter l'Auberge, s'il vendait son cabinet.

Oserait-il se débarrasser ainsi du passé ?

Soudain, il lui sembla entendre la voix de son père.

« — Désormais, tu es à la tête du *Cabinet Grainger*, mon fils, avait dit son père. Ton grand-père n'est plus et moi, je partirai bientôt aussi. Ce cabinet te revient. Prends-en soin. Tu le lègueras à ton fils, un jour. C'est ton héritage familial, sous ton entière responsabilité... »

La brise nocturne s'engouffra par la fenêtre ouverte. Nu entre les draps, Sam frissonna. Serait-ce un message que son père lui adressait d'outre-tombe ? Essayait-il encore de le contrôler, comme il l'avait fait jusqu'à sa mort, un an auparavant ?

Sam sentit une vague d'amertume l'envahir. Il n'avait jamais trouvé grâce aux yeux de Fergus Grainger, alors qu'il avait toujours fait ce que ce dernier avait choisi pour lui...

Pourtant, ce n'était pas sa vocation. Il n'avait jamais été attiré par la profession d'avocat, et encore moins par le règlement des divorces. Mais malgré tous ses efforts, son père l'avait considéré avec dédain jusqu'à la fin. Sam avait tant rêvé de son approbation ! Il aurait tout donné pour que son père soit fier de lui.

Sam se retourna sur le dos. Il était tout à fait réveillé, maintenant. Les yeux rivés au plafond, il réfléchissait. Son père était mort, et personne ne l'obligeait à perpétrer la tradition familiale. Mais aurait-il le courage d'abandonner sa carrière d'avocat pour acheter l'Auberge du Bord de Mer, réalisant ainsi son désir ?

4.

Meg faisait ses exercices d'étirement, comme chaque matin sur sa pelouse, lorsqu'un bruit lui fit tourner la tête. Quelqu'un venait d'ouvrir la porte de la cuisine.

Encore penchée sur l'herbe, elle vit Sam, en short et baskets, s'avancer vers elle. « Quelles jambes magnifiques ! » songea-t-elle, le cœur battant.

— Bonjour, Meg ! Tu vas courir ? s'enquit-il.

Il ne s'était pas encore rasé et ses cheveux ébouriffés le rendaient plus séduisant que jamais. Meg détourna le regard avec effort.

— Dans un instant, répondit-elle d'un ton sec, reprenant ses exercices.

Il se mit à courir sur place. Mais il l'observait, à n'en pas douter. Meg sentait son regard sur elle, consciente du moindre de ses mouvements. Soudain, elle regretta d'avoir mis son short grenat, un peu trop court. Elle aurait mieux fait de mettre un pantalon de jogging, avec un tel satyre dans les parages !

Serrant les dents, elle se força à poursuivre sa série d'exercices.

— Tu ne t'étires pas avant de courir ? questionna-t-elle.

— C'est déjà fait. Je m'échauffe dans ma chambre. Et nu ! ajouta-t-il en étouffant un petit rire.

Meg ne put s'empêcher de rougir. Décidément, il ne manquait pas une occasion de la mettre mal à l'aise !

Furieuse, elle continua à s'assouplir. Il pouvait être content de lui ! Il ne devait pas y avoir pareil mufle à des kilomètres à la ronde.

Lorsqu'elle se releva enfin, elle tourna le dos à son compagnon, elle fila vers la plage sans un mot et prit la direction du nord.

— Hé ! s'écria Sam. Où vas-tu ?

— Vers la Marina.

— Ah ? Moi, je vais à l'Auberge. A plus tard.

Pourquoi se sentait-elle si déçue, tout à coup ? Meg accéléra l'allure, les joues en feu. Elle n'avait pourtant aucune envie de rester près de Sam ! Cependant, elle devait admettre qu'en sa présence, elle se sentait plus vivante. Plus... femme.

Cela n'avait rien de surprenant, songea-t-elle avec amertume. Un homme aussi beau ne pouvait laisser aucune femme indifférente. Elle jeta un coup d'œil furtif par-dessus son épaule, et vit qu'il courait dans la direction opposée. Mais lui ne regardait pas en arrière !

Humiliée, Meg tenta de se concentrer sur sa course. Elle devait cesser de penser à Sam. Il ne lui avait apporté que des ennuis... et ce n'était peut-être pas fini !

Courait-il vers son destin ou vers sa perte ? Plus il approchait de l'auberge, plus Sam sentait les doutes l'envahir. Il avait acquis une solide réputation, dans son métier. Il était respecté de ses collègues, admiré, même. Et il gagnait beaucoup d'argent.

Comment envisager l'avenir en toute liberté ? Cela faisait près de quarante ans qu'il vivait dans l'ombre de son père. Saurait-il s'affirmer loin de lui ? Sam ralentit l'allure et examina l'élégante propriété d'un œil attentif.

Hier encore, il appréciait l'auberge pour son charme un peu désuet, son confort, les souvenirs qu'elle représentait pour lui. Aujourd'hui, il devait répondre à une question essentielle : pouvait-il tout miser sur cet hôtel ?

Après un long moment de rêverie, la réponse se forma spontanément dans son esprit. Le cœur battant, heureux comme il ne l'avait pas été depuis longtemps, Sam sourit aux anges. Maintenant, il savait : sa vie prendrait bientôt un nouveau tournant. Dès que le cabinet immobilier ouvrirait ses portes, il irait parler à Burton Barton !

Meg arriva à la maison avant Sam. Lorsqu'elle sortit de la salle de bains, elle l'entendit marcher dans sa chambre.

— C'est libre ! cria-t-elle avant d'aller s'habiller.

Pendant qu'il prendrait sa douche, elle aurait le temps de se préparer et de filer, songeait-elle. Sans perdre un instant, elle rejoignit Deirdre dans la cuisine. Laissant sa sœur terminer la cuisson des œufs brouillés, elle prit une tasse de café et s'éloigna.

— Je la boirai en route, lança-t-elle. Theresa doit me remplacer à la réception. Il y a une tonne de choses à faire avant de vendre, et Deborah veut m'informer de tout. Nous allons être débordées, pendant quelque temps.

— Connaît-on le nom du nouveau propriétaire ?

— Non. Mais personne à Seashore n'a les moyens de s'offrir un tel bâtiment ! Pourvu que nous ne soyons pas rachetés par une chaîne d'hôtels...

Burton Barton était un homme de haute taille, un peu fort, avec une moustache et des cheveux grisonnants. Le teint rouge, il s'essuyait fréquemment le visage avec un grand mouchoir de coton.

Il se leva pour accueillir Sam dans son bureau.

— Cet hôtel ne restera pas longtemps sur le marché, déclara-t-il en regagnant son fauteuil. On trouve rarement pareille occasion, dans la région. C'est un vrai bijou ! Il faut seulement le remettre à neuf. L'ancien propriétaire a un peu négligé les réparations depuis une douzaine d'années. Mais la base est saine. Avez-vous visité l'intérieur ?

— Pas récemment, non. Mais je m'en souviens très bien. J'y ai travaillé plusieurs étés lorsque j'étais étudiant. J'ai été tour à tour serveur, barman, jardinier, plongeur. J'ai vu tous les aspects du métier.

— Dans ce cas, vous connaissez sans doute Mark.

— Bien sûr.

Barton Burton jeta un coup d'œil à la carte de visite que Sam lui avait donnée en arrivant.

— Vous êtes avocat, remarqua-t-il. Vous prévoyez un gérant ou bien allez-vous abandonner votre carrière ?

— J'ai besoin de changer de vie.

Barton Burton haussa les sourcils avec une moue expressive.

— C'est un sacré changement !

Sam sourit. Lorsqu'il était étudiant, il s'était senti comme un poisson dans l'eau, à l'auberge. Il aurait adoré y rester. En fait, il avait même parlé à son père, après son deuxième été à Seashore, de son envie de se lancer dans l'hôtellerie.

Mais Fergus Grainger était entré dans une telle rage que Sam avait vite renoncé à son rêve. Quelque chose était mort en lui, à cet instant. Aujourd'hui encore, il ne pouvait y songer sans sentir son cœur se serrer.

— Je sais, reconnut-il. Mais c'est exactement le changement qu'il me faut.

La porte s'ouvrit et la secrétaire posa sur le bureau un plateau chargé de tasses de café et de biscuits. Puis Sam discuta encore près d'une heure avec l'agent immobilier.

— Allons visiter les lieux, à présent, déclara Burton en se levant.

— Non, répondit Sam. Je tiens à rester discret. Je vous demande même de garder le secret jusqu'à ce que j'aie pris ma décision. Je vais aller déjeuner à l'auberge, tout à l'heure, et je parlerai à Mark. De toute façon, je vous rappellerai très vite...

Sa décision était déjà prise, songea-t-il en regagnant sa

voiture. Il voulait cette auberge, plus que tout au monde. En fait, il s'efforçait de garder la tête froide, de s'assurer qu'il ne se comporterait pas à la légère. Avant d'engager toute sa fortune dans cet hôtel, et de faire son offre, il devait examiner la propriété avec soin. La moindre erreur pourrait lui coûter très, très cher...

Comme prévu, Sam déjeuna avec Mark et passa l'après-midi à explorer le bâtiment le plus discrètement possible, inspectant chaque pièce, chaque recoin. Plus il déambulait dans l'immense bâtisse, plus sa décision se renforçait. Il ne lui restait plus qu'à demander à un architecte d'examiner les lieux...

Ensuite, il reprit le chemin du cabinet immobilier et, afin de mettre toutes les chances de son côté, il fit une offre. Le cœur plus léger, il regagna la demeure des Stafford en fin d'après-midi.

Deirdre était seule. Meg avait téléphoné pour dire qu'elle rentrerait tard, aussi Sam dîna-t-il en tête à tête avec elle. Ensuite, la jeune femme rédigea des lettres de remerciements pour les cadeaux de mariage qu'elle avait déjà reçus, pendant que Sam faisait quelques réparations dans la maison.

Il y avait une fuite sous le lavabo de la salle de bains, un trou à percer dans le salon, une chaise à réparer. Vers 23 heures, Sam savourait une bonne tasse de chocolat chaud dans la cuisine lorsqu'il entendit des pas dans l'allée.

Il s'avança vers la porte, prêt à soutenir le regard mécontent de Meg lorsque celle-ci s'ouvrit sur Elsa, qui tenait une marmite en émail rouge à la main.

— Bonsoir, Sam. Votre chambre est enfin prête. Je me demandais pourquoi vous n'étiez pas venu, quand j'ai découvert que James avait oublié de vous prévenir. Mon réfrigérateur est plein, expliqua-t-elle en désignant la marmite. Je vais demander à Deirdre si elle peut garder cela pour moi. C'est pour le dîner de demain...

— Elle est partie se coucher. Elle dit que tous ces préparatifs lui donnent le vertige ! Je me charge de ça, ajouta-t-il en prenant le récipient.

Il gagna la cuisine et Elsa lui emboîta le pas.

— Meg n'est pas là ? questionna-t-elle.

— Elle est toujours à l'auberge.

— Si tard ?

— Ils ont beaucoup de travail, à ce qu'il paraît.

— Bizarre... D'habitude, elle ne travaille jamais le soir.

Sam eut un sourire malicieux.

— Elle cherche peut-être à m'éviter.

— Et pourquoi ferait-elle une chose pareille ? s'étonna Elsa.

— Elle ne m'aime pas. Elle ne prend même pas la peine de le cacher !

Elsa eut une moue dédaigneuse.

— Elle vous aime trop, oui ! Depuis qu'elle vous connaît, Meg Stafford a toujours été folle de vous !

Sam éclata de rire.

— Vous vous trompez, Elsa. Et puis, Meg me connaît au moins depuis l'âge de dix ou onze ans. A cet âge, on n'est pas encore amoureux.

— Comme vous connaissez mal les petites filles, mon garçon ! dit Elsa avec un sourire espiègle. A mon avis, Meg a toujours eu un faible pour vous. Mais comme vous êtes marié, elle ne veut pas jouer avec le feu.

— Le feu ?

— Lorsqu'un homme et une femme se regardent comme vous vous regardiez l'autre soir au barbecue, il s'agit bien d'un incendie, Sam Grainger ! Meg est une fille bien. Elle ne sortira jamais avec le mari d'une autre. Elle sait trop la souffrance que cela peut causer. La pauvre... Elle a vu son mari partir avec une autre femme.

— Elle a pourtant divorcé à l'amiable, non ?

— Sûrement pas ! Oh, mon Dieu ! J'ai oublié mon gâteau dans le four. Sam, venez dès que vous serez prêt. Je serai dans la cuisine...

⁂

Meg arrivait devant chez elle lorsqu'elle aperçut la lumière dans la chambre de Sam. Dieu merci, il était déjà couché !

Sautant de sa bicyclette, elle poussa un soupir de soulagement. La journée avait été longue... D'habitude, Mark n'encourageait pas son personnel à faire des heures supplémentaires. Mais il avait paru content qu'elle lui propose de rester pour boucler les dossiers avant son départ.

D'après lui, il y avait déjà trois acheteurs sur les rangs. Et il lui avait renouvelé sa promesse de la recommander chaudement au nouveau propriétaire. Cela suffirait-il à conserver son emploi ?

Plongée dans ses pensées, Meg ouvrit la porte de derrière et entra dans la cuisine. Au moment où elle actionnait l'interrupteur, la jeune femme retint un cri en distinguant une haute silhouette, qui pénétrait à son tour dans la pièce.

— Oh, bonsoir, Sam, marmonna-t-elle. Je te croyais couché.

— En fait, j'allais partir...

A cet instant, elle aperçut le sac de voyage qu'il tenait à la main.

— Tu pars vraiment ? répéta-t-elle, incrédule.

— Seulement chez Elsa. La chambre d'amis est prête. C'est dommage, j'aimais bien que tu me rudoies, ajouta-t-il avec un sourire amusé.

Exactement le sourire d'Andy, songea Meg avec un pincement de cœur.

— Où est Deirdre ? demanda-t-elle d'une voix étranglée.

— Au lit. Elle était épuisée.

Meg ouvrit la porte et s'effaça avec ostentation.

— Je ne voudrais pas te retarder...

— Eh bien, à demain soir.

— Demain soir ?

— Pour la répétition du mariage, à l'église.

— Ah, oui ! C'est vrai !

Où avait-elle la tête ? Elle en arrivait à oublier que sa sœur unique allait se marier ce week-end ! Sam s'avança et s'approcha si près d'elle qu'elle se troubla.

— Encore une chose, murmura-t-il en plongeant son regard dans le sien.

Que voulait-il ? Ses yeux était devenus si sombres, si mystérieux. Le cœur battant, Meg attendait, incapable du moindre geste.

Il glissa la main dans la poche revolver de son jean et en sortit la clé de la maison.

— Voilà, dit-il en lâchant la clé dans la poche du chemisier de Meg.

Il ne l'avait même pas effleurée. Pourtant, elle tremblait de la tête aux pieds. Etait-ce le souvenir de cette nuit, treize ans auparavant ?

— Que se passe-t-il ? s'étonna Sam. Tu sembles très loin, tout à coup.

« Seulement sous l'arbousier, derrière l'auberge », aurait-elle voulu répondre. Mais il n'avait sans doute aucune envie qu'elle évoque leur brève liaison. S'était-il senti coupable, ensuite ? Avait-il été comme elle plongé dans les affres du remords ?

Après tout, elle avait mal agi en faisant l'amour avec un homme marié. Bien sûr, sur le moment, elle ignorait que sa femme était encore en vie. Et Sam aussi...

— Meg ?

La voix de Sam la ramena à la réalité.

— Pardon, murmura-t-elle. Je rêvais...

Les parfums nocturnes s'engouffraient dans la pièce par la fenêtre ouverte. Cela sentait l'herbe sèche, les roses, les algues... C'était une nuit romantique, une nuit à se promener sur la plage en amoureux.

Meg chassa cette image de toutes ses forces. Comment pouvait-elle penser à des choses pareilles ? Sam était marié !

— Quand Alix doit-elle arriver ? demanda-t-elle soudain.

Il se raidit. Devinait-il un reproche, dans sa question ?

— Avec elle, je ne sais jamais, répondit-il d'un air évasif. Je suis épuisé, moi aussi. Je vais me coucher. A propos, quand ton fils revient-il ?

Prise au dépourvu, Meg dut s'accrocher à la porte pour ne pas chanceler.

— Demain soir, murmura-t-elle. Pourquoi ?

— Il a l'air d'un garçon sympathique. J'aimerais bien le connaître...

Sur ces paroles, il s'éloigna enfin, laissant Meg au comble de l'angoisse.

Pour la première fois depuis treize ans, une question se formait dans son esprit. Avait-elle eu raison de cacher sa grossesse à Sam ? Elle s'était tue par orgueil, et pour ne pas briser un ménage, mais si Sam découvrait la vérité, comprendrait-il ses raisons ? Ou bien serait-il furieux et lui reprocherait-il son silence ?

Le lendemain matin, Sam se mit en route dès qu'il eut fini d'aider Elsa à faire la vaisselle du petit déjeuner. Il avait hâte de savoir comment sa proposition d'achat avait été accueillie.

— Mark a fait une contre-proposition, déclara Burton en tendant le papier à Sam, tout en s'épongeant le front. Vous avez jusqu'à minuit pour prendre une décision.

Sam examina le chiffre avec un petit sifflement.

— Il est dur en affaires, remarqua-t-il. Mais je vais voir s'il est possible de négocier.

— Vous avez vu qu'il ajoute à la vente le terrain adjacent. Dix hectares...

Les dix hectares avaient attiré l'attention de Sam, lorsqu'il s'était promené autour de l'auberge, la veille. Ce serait parfait pour y construire des bungalows.

— Oui, c'est intéressant. Ecoutez, je vais lui faire une nouvelle offre, et nous verrons bien...

— Très bien, déclara Burton. Rendez-vous demain matin à 10 heures.

En raccompagnant Sam jusqu'à la porte de son bureau, l'agent immobilier ajouta :

— Mark et moi avons gardé ces négociations confidentielles, comme vous le souhaitiez. A propos, il était enchanté que votre proposition soit meilleure que celle des autres candidats.

— J'en suis ravi ! Franchement, Burton, me trouvez-vous fou de vouloir vivre dans cette petite bourgade tranquille ? Quelquefois, j'ai l'impression de m'accrocher au passé.

— Il n'y a pas de mal à ça, monsieur Grainger !

Puis il aperçut une vieille dame qui passait sur le trottoir, et la salua en agitant son mouchoir.

— Bonjour, Elvira !

— Rentre donc travailler, Barton Burton ! lança la passante d'un ton sévère.

Hilare, Barton regarda la vieille dame s'éloigner d'un air digne.

— Voilà la richesse de Seashore, monsieur Grainger. Les gens... Leur amitié, leur affection, leur soutien. La vie ici n'a rien d'ennuyeux, croyez-moi !

Sam roulait dans la rue principale lorsqu'il aperçut Meg, les bras chargés de sacs, qui sortait d'un supermarché. Il ralentit et s'arrêta à sa hauteur.

— Monte ! dit-il. Je te ramène.

Meg le dévisagea en rougissant.

— Cesse de me suivre partout, Sam !

— Moi ? Mais je ne te suis pas, voyons...

— Ne fais pas l'innocent ! Tu es même venu à l'auberge, hier. Tu y es resté une bonne partie de l'après-midi.

— Meg, je te jure que je ne t'ai jamais suivie. Veux-tu monter, oui ou non ?

Elle hésita une seconde.

— Seulement parce que je suis en retard, répondit-elle d'un ton morose. Non, ne sors pas. Je me débrouillerai.

Elle ouvrit la porte arrière, y posa ses sacs, puis se glissa dans le siège du passager. Sam respira son parfum avec délice. Elle sentait la pêche et la fleur d'oranger. Sa peau devait être douce, songea-t-il. Aussi douce que ses manières étaient revêches !

— Tu ne travailles pas, aujourd'hui ? demanda-t-il en démarrant.

— J'ai pris ma journée. Il y a un tas de choses de dernière minute à faire avant le mariage. Et j'ai promis à Elsa plusieurs salades pour le dîner de ce soir.

— Quand retournes-tu à l'auberge ?

— Lundi.

— Qui s'occupe de ton fils pendant que tu travailles ?

Meg se redressa brusquement dans son siège.

— J'ai eu de la chance. Deirdre a un métier qui lui permet de rester à la maison et Elsa est le plus souvent chez elle. Mais Andy a douze ans, maintenant. Il peut se débrouiller tout seul.

— Il vit entouré de femmes, si je comprends bien. Sans figure paternelle. J'imagine qu'il voit tout de même James de temps en temps ?

— A quoi riment toutes ces questions, Sam ?

Surpris par son ton glacial, il lui jeta un bref coup d'œil. Elle paraissait courroucée. Qu'avait-il donc dit de si offensant ? Pensait-elle qu'il le critiquait ?

— Pardonne-moi, murmura-t-il. Je ne voulais pas te blesser.

Il s'engagea en silence dans Seaside Lane. Cependant, il était déterminé à savoir ce qui, en lui, déclenchait chez Meg une telle hostilité. Jamais personne ne l'avait encore traité ainsi !

A peine garé dans l'allée des Carradine, il sortit pour ouvrir la portière côté passager. Mais Meg était déjà descendue et avait posé la main sur la poignée de la portière arrière.

— Je me charge de tes sacs, déclara-t-il. Passe devant.

Les lèvres serrées, Meg s'éloigna en direction de sa maison. Parvenue devant la porte, elle l'ouvrit et se tourna vers son compagnon.

— Merci. Je me charge de ranger tout ça...

Mais Sam passa devant elle comme s'il ne l'avait pas entendue, posa les sacs sur la table de la cuisine puis, les poings sur les hanches, se planta devant Meg.

— J'exige une explication, maintenant ! Pourquoi me détestes-tu à ce point ?

Elle pâlit.

— Ça ne sert à rien, Sam. Laisse-moi, maintenant !

Il secoua négativement la tête.

— Très bien, murmura-t-elle. Dans ce cas, c'est moi qui partirai !

Il lui barra le passage et la saisit par les épaules. Meg tenta en vain de se libérer. Sam glissa les mains sur la taille de la jeune femme, la serrant contre lui.

Les joues empourprées de colère, le souffle court, elle n'avait jamais été aussi belle. Bon sang ! Que lui arrivait-il ? Il voulait seulement savoir ce qu'elle pensait de lui, pas la séduire. Mais avec ses cheveux blonds ébouriffés, sa peau veloutée qui sentait bon, il en oubliait son propos.

Il ne pensait plus qu'à goûter cette bouche généreuse, à l'explorer. Il désirait cette femme de tout son être ! Et elle le regardait avec un tel trouble qu'il songea un instant qu'elle partageait son désir.

Elle tremblait, à présent. Et ses paupières mi-closes ne parvenaient pas à dissimuler la volupté qui s'était emparée d'elle. Enivré, il se pencha vers le visage offert et glissa les mains sur les hanches de la jeune femme.

Sam mit quelques secondes à réagir à l'exclamation qu'il

entendit derrière lui. Pourquoi Deirdre venait-elle tout gâcher ? songea-t-il. Mais était-ce bien la voix de Deirdre ?

Avant qu'il ait pu répondre à cette question, Meg l'avait repoussé violemment.

— Oh ! s'écria-t-elle, horrifiée.

Sam soupira et se retourna à son tour, prêt à s'excuser. Mais la personne qui se tenait sur le pas de la porte n'était pas Deirdre. C'était un beau garçon de douze ou treize ans, grand, brun, dont les yeux bleus exprimaient la surprise.

Il avait les traits fins. Les mêmes traits que Meg. Sam enveloppa du regard la mince silhouette vêtue d'un T-shirt gris et d'un grand short kaki. L'adolescent tenait un cadre à la main, mais pour l'instant, son regard était rivé sur sa mère.

— Andy ! murmura Meg en se recoiffant d'une main tremblante. Quand es-tu arrivé ? Je ne t'attendais pas avant ce soir.

— Ça se voit ! répondit le jeune garçon. C'est ton petit ami ? ajouta-t-il avec un geste en direction de Sam.

— Andrew ! gronda Meg en s'avançant vers son fils, les sourcils froncés.

Elle s'arrêta net lorsqu'il lui tendit le cadre. Il s'agissait du portrait de famille accroché dans la chambre de l'adolescent.

— Qu'est-ce que ça fait dans ma chambre ? s'indigna Andy en lançant violemment le cadre sur la table.

Par miracle, le verre ne se brisa pas.

— Peux-tu m'expliquer ce qui se passe, maman ?

5.

Stupéfaite, Meg regarda tour à tour la photographie et son fils. Jamais elle ne l'avait vu dans cet état. Quant à elle, il fallait absolument qu'elle se reprenne, qu'elle se domine.

— Sam, murmura-t-elle, je voudrais parler à Andy. Tu veux bien nous laisser ?

Il parut hésiter, comme s'il ne voulait pas l'abandonner dans ce moment difficile. Mais la jeune femme le regarda sans ciller.

— Comme tu voudras, déclara-t-il enfin.

En passant devant elle pour sortir, il s'arrêta un instant.

— Si tu as besoin de moi, je suis chez Elsa.

— Merci...

Elle attendit que la porte se soit refermée sur Sam pour se tourner vers son fils en souriant.

— Si tu m'embrassais, pour commencer ? Tu m'as manqué.

Andy ne bougea pas d'un pouce. D'un pas calme, Meg s'avança vers lui et déposa un baiser sur sa joue.

— Qui est ce type ? s'écria Andy en reculant. Où l'as-tu trouvé ?

Meg décida d'ignorer le ton insultant de son fils. Il agissait ainsi parce qu'il se sentait menacé. Pour l'instant, il fallait avant tout le rassurer.

— Sam Grainger est le témoin de James. Il a dormi ici durant deux nuits parce que la chambre d'amis d'Elsa n'était pas prête.

— Et où a-t-il dormi ? Avec toi ?

Meg fronça les sourcils.

— Nous lui avons donné ta chambre.

— Quoi ? Vous avez laissé ce type entrer dans ma chambre ?

— Andy, nous ne pouvions pas refuser l'hospitalité à un invité d'Elsa. Tu sais à quel point elle est gentille avec nous.

— Et pourquoi il te tripotait ?

— N'utilise pas ce langage, Andy !

Pourtant, son fils avait raison. Sam Grainger l'avait caressée et elle frissonnait encore en songeant à la chaleur de son corps viril contre le sien.

— M. Grainger est marié, reprit-elle. En fait, nous nous disputions et il m'a barré la route parce que je voulais sortir. Je ne l'aime pas et il voulait savoir pourquoi.

Andy resta songeur pendant quelques instants.

— Dans ce cas, dit-il en bombant le torse, il a intérêt à se tenir tranquille. Je ne l'aime pas non plus et si jamais il revient t'embêter, il aura affaire à moi !

— Andy ! s'exclama Meg en souriant. Il est beaucoup plus grand et plus fort que toi.

— Peut-être. Mais j'aurais le temps de lui donner un ou deux coups là où ça fait mal...

Il s'avança vers la table et désigna la photographie.

— Et ça ? Qu'est-ce que ça faisait dans ma chambre ?

— Eh bien... Sam posait des questions sur ma vie privée, alors j'ai accroché ce portrait avant qu'il n'arrive, pour qu'il pense que j'étais mariée, moi aussi.

— Tu as enlevé d'autres photos. Je vais les remettre.

— Ce n'est pas la peine, Andy. Tu ne vas pas tarder à emménager dans la chambre de Deirdre.

— Oui, c'est vrai.

Il s'interrompit un instant et regarda sa mère d'un air penaud.

— Quand j'ai vu la photo sur le mur et que j'ai entendu une voix d'homme, en bas, j'ai cru que Jack était revenu.

— Oh ! Mon chéri ! Tu sais bien que je ne l'accepterai jamais !

— Oui, mais pendant quelques minutes, je n'en étais pas sûr. J'aurais dû savoir que tu ne pourrais pas faire une chose pareille.

— Je te l'ai promis, Andy.

— Alors, qui est Sam Grainger ?

— Il travaillait à l'Auberge lorsqu'il était étudiant. Et il passait parfois les vacances de Noël chez les Carradine. James et lui étaient ensemble à l'université. Cela faisait des années qu'il n'était pas venu à Seashore. Sa femme n'aime pas les petites villes. Tu l'as peut-être vue à la télévision. Elle s'appelle Alix Grainger.

— C'est elle ? Oui, je m'en souviens. Euh... maman ?

— Oui ?

— Je t'ai acheté quelque chose, marmonna Andy en rougissant.

Plongeant la main dans l'une des poches de son short, il en sortit une petite boîte.

— Tiens...

— Qu'est-ce que c'est ?

— Ouvre et tu verras bien ! répondit-il, les yeux brillants.

La boîte contenait une petite agate en forme de cœur, montée en pendentif sur une chaîne d'argent.

— Andy ! C'est adorable !

— Elle te plaît ?

— Beaucoup ! répondit Meg en attachant la chaîne autour de son cou. Alors ? Elle me va ?

— Super ! Sur toi, elle fait vraiment bien.

Il se jeta dans les bras de sa mère et elle huma l'odeur de feu de bois qui imprégnait ses cheveux.

— Je suis content d'être rentré, murmura-t-il.

— Moi aussi, mon chéri. Je suis contente que tu sois là.

Andy s'écarta et prit la photographie entre le pouce et l'index, comme pour la jeter à la poubelle.

— Que fait-on de ça ?

— Mets-la au fond de ma penderie.

— D'accord !

— Andy ! appela-t-elle alors qu'il allait franchir le seuil de la pièce. Tu ne m'as pas dit pourquoi tu étais rentré plus tôt.

— M. Gardner a dû revenir pour une urgence dans sa famille. Il fallait que trois garçons l'accompagnent parce qu'il n'y avait pas assez de place pour tout le monde dans les autres voitures.

— Tu t'es bien amusé ?

— Ouais... Pas mal.

Elle n'en saurait guère plus pour le moment, songea Meg. Inutile d'insister. Les détails de son séjour, Andy les raconterait au fil des jours, par bribes, lorsqu'il en aurait envie.

Dieu merci, il n'avait pas posé d'autres questions sur la photographie. Il aurait pu profiter de l'incident pour lui demander qui était son véritable père...

Un jour, elle serait obligée de lui dire la vérité. Andy avait abordé plusieurs fois le sujet, après le divorce, mais elle avait réussi à le satisfaire avec des réponses évasives. Jusqu'à aujourd'hui, du moins...

La dernière fois qu'il l'avait questionnée, c'était une semaine avant de partir camper.

— J'ai le droit de savoir ! avait-il dit. Maman, tous les enfants savent qui est leur père.

Bouleversée, elle avait vu les yeux de son fils s'emplir de larmes.

— Je ne peux pas te le dire pour l'instant, Andy. Ce ne serait pas juste pour lui.

— Mais pourquoi ?

Elle avait hésité quelques secondes. C'était vrai, il avait au moins le droit de connaître les raisons de son silence.

— Parce que ton père est marié, répondit-elle.

Il l'avait dévisagée avec stupeur.

— Andy ! avait-elle repris pour arrêter le flot de questions qui n'allait pas manquer de surgir. Je suis désolée. Je te dirai qui il est un jour, lorsque tu seras plus vieux. Je te le promets.

— Il était marié quand tu as fait l'amour avec lui ?

Comment répondre ? Si elle disait non, il fallait expliquer que cette nuit-là, tous deux avaient cru être libres. Si jamais Andy en parlait à quelqu'un, l'histoire pouvait s'ébruiter. Beaucoup de gens savaient, à Seashore, que Sam avait cru sa femme morte pendant toute une nuit.

— Andy, tout ce que je peux te dire c'est que tu dois être fier de ton père. Il a très bien réussi dans son métier et il est très estimé.

— Est-ce qu'il a d'autres enfants ?

— Pas que je sache. Mais je ne l'ai pas revu depuis la nuit où tu as été conçu.

— Alors il s'est servi de toi et il t'a laissée ? C'est vraiment un lâche ! On est bien mieux sans lui, maman.

Meg avait pensé la même chose durant douze ans. Et depuis que Sam était réapparu dans sa vie, elle n'avait pas changé d'opinion. Quel soulagement, lorsqu'il serait parti ! Elle pourrait de nouveau le refouler au fond de sa mémoire.

Mais auparavant, songea-t-elle avec angoisse, elle devait l'affronter en plusieurs occasions. Ce soir, tout d'abord. A la répétition du mariage où en tant que témoin de Deirdre, elle devrait lui donner le bras !

Ils descendaient l'allée centrale de l'église pour la dixième fois. Perplexe, Sam observa Meg à la dérobée. Elle avait changé d'attitude, depuis leur baiser. Elle se montrait polie et distante. Autant dire inaccessible. Mais il n'avait pas encore renoncé à briser la glace.

— Cela s'est bien passé, avec ton fils ? demanda-t-il alors que l'orgue faisait encore résonner ses accords.

— Oui. Merci.

Il faisait chaud, dans l'église. La chaleur exaltait le parfum de pêche de la jeune femme, se mêlant à l'odeur de sa peau. Sam se sentait comme enivré par cette odeur.

— Andy n'a pas de rôle dans la cérémonie, si je comprends bien.

— Non.

— Je croyais qu'il serait garçon d'honneur.

En quittant le chœur, il lui prit le bras, ignorant son mouvement de recul. Alors qu'elle tentait de se dégager, il resserra son étreinte, la gardant prisonnière contre lui.

— Il n'a pas voulu, murmura-t-elle.

— Et toi ? Es-tu contente d'être témoin ?

— Je l'étais jusqu'à ce que James annonce que tu serais son témoin.

Sam lutta contre l'envie de rire. C'était si agréable, de la taquiner ! Et de la regarder, aussi ! Elle était jolie comme un cœur, ce soir, avec son débardeur jaune et sa minijupe. De plus, ses cheveux courts lui donnaient un charme fou. Ils mettaient en valeur son cou gracile, ses pommettes hautes.

Il recula un peu la tête pour admirer son incomparable chute de reins. Puis son regard glissa sur les longues jambes hâlées, les pieds fins chaussés de sandales jaunes. Lorsqu'il se redressa, il vit le sourire ironique qui plissait sa bouche généreuse, à peine fardée.

— J'espère que tu parviendras à regarder en face de toi, demain, quand nous descendrons l'allée, murmura-t-elle d'un ton glacial.

— Moi aussi.

Ils s'arrêtèrent devant l'autel. Ecarlate, Meg dégagea sa main d'un coup sec. Sam s'amusait beaucoup. Décidément, elle était ravissante, lorsqu'elle rougissait !

— Mais à ta place, murmura-t-il en se penchant à son oreille, je n'y compterais pas trop.

Cette fois, elle devint cramoisie. A cet instant, le pasteur donna une dernière série de recommandations. Meg en profita pour s'écarter de son compagnon. Et dès la seconde où le pasteur les congédia, Sam la vit reculer discrètement pour gagner la porte centrale.

Il la suivit sans hésiter. L'église se dressait dans une rue bordée d'érables où la brise d'été soulevait quelques feuilles mortes. L'air embaumait la mer et il y flottait de succulentes odeurs en provenance du restaurant *Chez Harry*, situé juste en face. Mais Sam ne sentait que le parfum de pêche qui se répandait dans le sillage de Meg.

Elle dévala la volée de marches menant au trottoir. Sam les descendit trois par trois et la rattrapa en bas de l'escalier.

— Tu es venue à vélo ? demanda-t-il.

Elle s'avança dans la rue sans se retourner.

— Je me suis aperçue en partant qu'une de mes roues était à plat, répondit-elle. Deirdre et James étaient déjà partis, alors je suis venue à pied. J'ai l'intention de rentrer par le même chemin. Inutile de me ramener. Bonsoir...

Sam ne se laissa pas décontenancer pour autant.

— C'est une belle soirée pour marcher, n'est-ce pas ? remarqua-t-il.

Exaspérée, Meg leva les yeux au ciel. Elle accéléra le pas et le tissu de sa minijupe se mit à danser sur ses cuisses. Sam marcha plus vite, lui aussi.

— Tu dois attendre Alix avec impatience, dit Meg en lui décochant un regard de défi.

— Elle ne viendra pas.

— Ah bon ? Elle t'a téléphoné ?

— Non.

— Dans ce cas, je ne comprends pas...

Il marmonna une vague réponse. Jusqu'ici, il avait réussi à ne mentir que par omission. Avec un peu de chance, le mariage se déroulerait sans qu'il ait à annoncer son divorce. Il n'avait aucune envie de ternir le bonheur des nouveaux mariés.

En fait, songea-t-il, il se taisait par orgueil. Il lui en coûtait tellement d'avouer que lui, l'avocat spécialisé dans les divorces, n'avait même pas réussi à sauver son mariage ! Alix non plus ne tenait pas à ce que leur séparation devienne publique. Une fois que les médias se seraient emparés de la nouvelle, ils risquaient de découvrir pourquoi son mari l'avait quittée. Et cela ne contribuerait guère à améliorer son image...

Or, pour Alix, seule l'image comptait.

— Au fait, tu ne m'as jamais dit comment tu avais rencontré ta femme, poursuivit Meg.

— Eh bien, Alix m'avait engagé comme avocat lors de son premier divorce. Nous sommes tombés amoureux. Le coup de foudre.

Meg se tut un instant.

— J'ignorais qu'Alix avait déjà été mariée.

— Elle avait épousé un camarade de lycée, sans bien le connaître. Alix voulait réussir, voyager, alors que Jeff Merrick ne pensait qu'à mener une existence placide dans sa petite ville. Ils s'étaient mariés pour échapper à l'autorité de leurs parents et faire l'amour comme ils voulaient. Ce n'est pas une base très stable pour un couple.

Ils marchèrent en silence pendant de longues minutes. Ils s'engageaient dans Seaside Lane lorsque Meg remarqua :

— Bizarre, comme l'amour est capricieux, n'est-ce pas ? Le coup de foudre entre Alix et toi, une amitié entre James et Deirdre, qui a évolué vers un sentiment plus profond...

Elle paraissait nostalgique. C'était bien la première fois qu'elle s'adressait à lui sans animosité ! Serait-elle sentimentale ?

— Et toi, comment as-tu rencontré le père d'Andy ? s'enquit-il à brûle-pourpoint.

Elle trébucha mais recouvra son équilibre presque aussitôt.

— Je préfère ne pas en parler, Sam.

Elle avait repris ses manières distantes. Comme elle était difficile à apprivoiser ! se dit-il. Elle rentrait dans sa coquille à la moindre question personnelle.

— Je comprends que le sujet soit délicat, puisque tu es divorcée, reconnut-il. Mais pourquoi avoir mis cette photo dans la chambre d'Andy, alors que manifestement, il n'en veut pas ? Que se passe-t-il, Meg ?

Elle marchait maintenant d'un pas aussi raide qu'un soldat dans un défilé militaire.

— Rien du tout !

— J'ai horreur de voir un enfant dans cet état. Pourquoi le forcer à supporter le portrait de son père si cela le fait souffrir ? Ce type l'a abandonné, bon sang ! A la place d'Andy, je réagirais pareil.

Ils étaient arrivés devant l'allée des Carradine. Meg se tourna vers lui, les yeux étincelants de colère.

— J'ai dit que je ne voulais pas en parler ! C'est pourtant clair, non ?

Il leva les mains dans un geste pacifique.

— D'accord, Meg. Je n'ai rien dit.

Cela ne l'empêcherait pas d'y penser, songea Sam avec amertume. Cette situation lui semblait trop étrange pour qu'il ne cherche pas la clé de l'énigme.

— Merci. Maintenant, si tu veux bien m'excuser, il faut que je rentre m'occuper du dîner.

Et sans attendre la réponse de son compagnon, Meg fila sur la pelouse en direction de sa maison.

— Je vais t'aider ! déclara Sam en la rattrapant.

— Non ! C'est inutile.

Ignorant la rebuffade, il l'accompagna d'un pas léger. En passant devant l'auvent, il remarqua deux bicyclettes appuyées contre le mur.

— Je n'ai jamais vu de voiture chez vous, remarqua Sam. Deirdre et toi ne conduisez pas ?

— Nous avions une vieille Volvo, mais lorsqu'elle a rendu l'âme, le mois dernier, nous ne l'avons pas remplacée. James a l'intention d'acheter une voiture à Deirdre lorsqu'ils reviendront de leur voyage de noces. Quant à moi, je peux m'en passer.

Elle ouvrit la porte de la cuisine et Sam lui emboîta le pas.

— B'jour, maman !

Andy se trouvait dans la pièce. Il faisait chauffer une pizza dans le four et s'était servi un verre de jus d'orange.

Il se tut en découvrant Sam, qui l'observa avec attention. Il avait les traits de sa mère, mais son visage promettait d'être viril. Son teint bronzé faisait ressortir ses yeux bleus, et ses cheveux et ses sourcils étaient d'un noir de jais. Une petite cicatrice, en haut de son front, allait se perdre dans ses boucles noires.

Le regard de Sam glissa sur les mains d'Andy. Il avait des doigts longs et minces, comme lui, avec de courts ongles carrés.

— Andy, murmura Meg d'un air gêné, je te présente M. Grainger.

Les traits tendus, Andy s'avança et lui tendit la main.

— Enchanté, murmura-t-il.

Eh bien ! Ce jeune garçon était très bien élevé, songea Sam, agréablement surpris.

— Moi aussi, Andy.

Le jeune garçon retira prestement sa main. Pendant ce temps, Meg sortait des plats du réfrigérateur et les posait sur la table.

— Tu manges déjà, Andy ? s'étonna-t-elle. Tu ne viens pas dîner chez Elsa ?

Intrigué, Sam regarda l'expression paniquée de la jeune femme. Elle n'avait pas l'air d'apprécier de le voir dans la même pièce que son fils. Que craignait-elle, bon sang ? On aurait dit une poule cherchant à protéger son poussin.

Le four à micro-ondes tinta et Andy sortit sa pizza.

— Brad va venir, expliqua-t-il. On va faire du roller.

Meg parut soulagée. Elle préférait donc qu'Andy ne vienne pas chez Elsa..., songea Sam. Avait-elle peur qu'il lui fasse une scène, comme ce matin ? Craignait-elle qu'il soit jaloux d'un adulte ?

— D'accord, mais je veux que tu sois rentré à 10 h 30, dit Meg.

— Pas de problème !

Sam prit deux des plats posés sur la table et Meg se chargea des deux restants. Andy leur ouvrit la porte.

— Merci, dirent-ils en chœur.

— Pas de quoi...

Puis ils se turent jusqu'à ce qu'ils arrivent devant la porte des Carradine.

— Andy est un enfant remarquable, dit Sam. Tu dois être fière de lui.

— Je le suis.

— J'aimerais tellement avoir un fils qui lui ressemble !

Il n'avait pas prémédité ces mots. Mais lorsqu'il vit la soudaine pâleur de Meg, il comprit qu'il avait commis un impair.

— Nous faisons tous des choix dans la vie, murmura-t-elle d'un ton glacial.

— Des choix ?

— L'autre soir, tu as dit qu'Alix et toi aviez été pris par vos carrières. J'ai cru comprendre que votre désir de fonder une famille n'était pas prioritaire. On ne peut pas tout avoir, Sam.

Il aurait volontiers répondu que ce choix-là n'avait pas été le sien, que sa femme le lui avait imposé ! Mais il jugea préférable de garder le silence. Après tout, sa vie privée ne regardait que lui.

Cependant, Sam se sentait irrité. De quel droit le jugeait-elle ? Elle ne connaissait pas sa vie. Et pourquoi cela le blessait-il qu'elle le prenne pour un carriériste ?

De toute façon, elle avait une piètre opinion de lui. Et elle ne s'en cachait pas, au contraire. Elle ne manquait aucune occasion de lui lancer des piques. Jamais encore il n'avait rencontré quelqu'un d'aussi hostile envers lui !

D'ailleurs, elle s'arrangea pour se tenir loin de Sam durant toute la soirée. Cependant, lorsqu'ils passèrent dans le salon pour le café, il sentit son parfum de pêche, et garda les yeux rivés sur elle tandis qu'elle offrait du sucre au pasteur, et acceptait la tasse que Deirdre lui tendait.

Son sourire, la courbe de ses seins, ses longues jambes, tout en elle l'attirait. Il prêtait à peine attention à la conversation. Elle, en revanche, l'ignorait totalement. Elle bavardait avec entrain et paraissait beaucoup s'amuser. Son regard bleu se posa une seule fois sur Sam. Et il exprima alors une telle tristesse qu'il sentit son cœur se serrer.

Si seulement il savait ce qu'elle lui reprochait !

— Un peu plus de café, Meg ?

— Non, merci, Elsa.

Meg se leva et déposa un baiser sur la joue de sa voisine.

— J'ai passé une très bonne soirée, murmura-t-elle. Mais j'aimerais aller me coucher, maintenant.

— Sam est parti, lui aussi. Il était fatigué, je présume. L'air marin fait dormir tout le monde, au début.

En effet, Sam avait quitté la pièce dix minutes plus tôt, au grand soulagement de Meg. Au cours de cette soirée, chaque fois que leurs regards s'étaient croisés, elle avait lu dans ses yeux tristes mille questions...

— Dors bien, dit Elsa, tirant Meg de sa rêverie. Demain, c'est le grand jour ! Il faut être en forme !

En poussant le portail, Meg remarqua une ombre qui dansait sur le mur de l'auvent.

— Andy ? appela-t-elle.

— Non, répondit une voix grave et sexy. C'est moi.

Meg s'avança, puis s'arrêta, muette de stupeur. Sam Grainger était accroupi devant sa bicyclette, la joue maculée de cambouis, et resserrait les dernières vis de sa roue.

— Et voilà ! déclara-t-il en se relevant. C'est réparé.

Sous la lumière de la lampe halogène, Meg vit qu'une lourde mèche de cheveux noirs était tombée sur son front, et fut saisie d'une irrépressible envie de la repousser en arrière, de caresser son beau visage...

Fascinée, elle regardait son sourire, les petites rides au coin de ses paupières, ses lèvres pleines. Depuis que Sam était revenu à Seashore, elle avait lutté contre les émotions qui la tourmentaient. Mais en cet instant, une évidence s'imposa à elle, avec une clarté inouïe : elle était amoureuse de lui. Elle l'avait toujours été et le serait toujours.

— Eh bien, il n'y a pas de quoi perdre l'usage de la parole ! s'exclama-t-il en s'éloignant. Bonne nuit, Meg ! A demain..., à l'église !

6.

— Quel temps idéal !

Les yeux brillant de joie, Deirdre descendit l'escalier, faisant virevolter sa robe de dentelle ivoire.

— Dire qu'il pleuvait ce matin à 7 heures ! poursuivit-elle. J'ai eu peur que mon mariage ne soit gâché.

— Moi aussi, dit Meg soulevant derrière elle les plis de sa longue robe de soie bleue. Dieu merci, il fait un soleil radieux, à présent.

Andy les attendait, fièrement planté devant le miroir de l'entrée. Il arborait son premier costume.

— Tu es superbe ! déclara Deirdre.

— Toi aussi ! répliqua son neveu. On dirait la couverture d'un magazine. Hein, maman ?

Meg contempla son fils. Il ressemblait tellement à son père lorsqu'il souriait ! Pourvu que personne ne remarque rien, aujourd'hui !

A cet instant, on sonna à la porte. C'était Mark, chargé de conduire Deirdre à l'autel. Derrière lui se tenait Miranda Page, la photographe que Deirdre avait engagée pour la journée.

A cet instant, Meg vit la Porsche de Sam dans l'allée voisine. De bonne heure, ce matin, elle l'avait vu partir en direction du centre alors que le fleuriste venait livrer. Plus tard, de la fenêtre de sa chambre, elle l'avait encore observé. Il avait lavé sa voiture avec soin. Maintenant, il partait à l'église avec le marié...

— Parfait ! déclara Miranda. Nous allons pouvoir prendre quelques clichés tranquillement.

Le petit groupe se fit photographier devant les fleurs, dans le jardin. Pendant que la mariée se poudrait une dernière fois le nez dans la salle de bains, Meg aperçut Mark, qui vint la saluer.

— Vous avez sans doute appris la nouvelle, déclara-t-il. Ça y est ! J'ai vendu l'auberge. J'ai signé la promesse de vente ce matin.

— Je l'ignorais. Bravo, Mark ! Je suis contente pour vous.

Meg s'efforça de masquer son anxiété. Son avenir lui parut bien sombre, tout à coup. Mais pourquoi gâcher la joie de Mark, surtout aujourd'hui ?

— Oui, Deborah et moi sommes ravis. D'autant que maintenant, vous n'avez pas à vous inquiéter pour votre promotion, Marguerite. J'ai l'intention de parler de vous au nouveau propriétaire, aujourd'hui même. Et je ne vois pas pourquoi il aurait la moindre objection.

Meg lui jeta un regard surpris.

— Vous aurez le temps de lui parler aujourd'hui ?

— C'est vraiment étrange ! s'exclama Mark. Il ne vous a rien dit ? Bah, j'imagine qu'il n'en a pas eu le temps, à cause de ses obligations...

— Personne ne m'a rien dit, Mark. Mais comment pouvez-vous être aussi certain de mon avenir ? Ce nouvel employeur a sans doute sa propre équipe.

— Non, mon petit ! Cet homme-là est un de vos amis. Il m'a même dit qu'il avait logé chez vous en attendant que sa chambre soit prête, chez Elsa.

Meg se figea. Non, c'était impossible !

— Vous voulez parler de... Sam Grainger ? balbutia-t-elle.

— Exactement !

Meg se sentit pâlir. Sam Grainger, propriétaire de l'Auberge du Bord de Mer ? C'était insensé ! Il était avocat, il vivait à Portland, et...

— Je ne vous ai pas trop fait attendre ?

Deirdre s'approcha d'eux, rayonnante, puis prit son bouquet sur la console.

— Passe devant, Meg. Mark et moi te suivons.

— A tout à l'heure ! murmura Meg, les larmes aux yeux. Tu es ravissante...

Pourvu que sa sœur mette son émotion sur le compte du mariage ! espéra Meg en marchant comme un automate vers le taxi.

Dire qu'elle avait cru que Sam partirait dès le lendemain ! Une fois de retour à Portland, il n'aurait plus menacé son bonheur ni celui d'Andy.

Non, s'il s'installait ici, elle n'avait plus le choix : il fallait démissionner, déménager ! Bien vite, elle chassa cette idée de son esprit : actuellement, jamais elle ne retrouverait un poste aussi bien payé.

Et puis, Andy ne comprendrait pas. Il s'apprêtait à rentrer au collège, à y retrouver ses amis de toujours. L'arracher brutalement à l'univers où il avait grandi pourrait être un véritable traumatisme.

Il fallait se rendre à l'évidence : elle était bel et bien piégée ! Combien de temps Sam mettrait-il à deviner la vérité ? Sans compter qu'Alix rejoindrait sûrement son mari entre deux reportages. Elle non plus ne serait pas aveugle indéfiniment. Ce que Sam refusait de voir, elle le sentirait avec son instinct de femme et d'épouse...

Lorsque le taxi arriva devant l'église, ramenant Meg à la réalité, une petite foule attendait déjà la mariée. Au prix d'un terrible effort de volonté, Meg se redressa et sourit. Aujourd'hui, elle n'avait pas le droit d'être égoïste, car seul comptait le bonheur de Deirdre...

Plus facile à dire qu'à faire ! La cérémonie se déroula sans la moindre anicroche, mais tout semblait à Meg étrangement lointain.

Tout, sauf le témoin du marié. Comme James, Sam portait un smoking noir. Mais là s'arrêtait la ressemblance car, si James rayonnait de bonheur, Sam paraissait, lui, sombre et mystérieux.

Malgré ses résolutions, Meg ne put s'empêcher de l'examiner à la dérobée. Il était superbe ! Quand leurs regards se croisèrent, il lui adressa un clin d'œil complice. Elle rougit et détourna aussitôt la tête. Elle aurait juré qu'il savait, qu'il avait deviné ses sentiments !

Après la messe, les jambes chancelantes, elle s'échappa dès la seconde où ils atteignirent le porche. Puis les invités se dispersèrent pour se rendre à la réception, qui avait lieu au Club de Golf de Seashore, à quelques kilomètres de là. En tant que témoin, Sam était chargé d'y conduire Meg.

Elle le rejoignit donc devant sa Porsche, la mort dans l'âme. Souriant, il lui ouvrit la portière.

— C'était une belle cérémonie, n'est-ce pas ?

— Magnifique...

— La mariée est superbe, mais je dois dire que tu la surpasses. Tu es absolument splendide.

Une vague de colère s'empara de la jeune femme.

— Je n'ai pas l'habitude de flirter avec les hommes mariés ! lança-t-elle en s'installant dans son siège.

Il claqua la portière et vint s'asseoir à son tour.

— C'était un simple compliment, Meg.

— Eh bien, garde ce genre de compliments pour ta femme !

Il paraissait ennuyé. Tant mieux ! se dit-elle. Elle en profiterait pour le questionner avant qu'ils rejoignent la foule des invités. Prenant son courage à deux mains, Meg se tourna vers son compagnon.

— Mark m'a dit que tu avais racheté l'auberge.

— Ah ! Il t'a mise au courant. Il a raison. Tu l'aurais su tôt ou tard.

— Pourquoi, Sam ?

— Dans une petite ville comme Seashore, il est difficile de garder un secret très longtemps.

— Je voulais dire, pourquoi l'as-tu achetée ?
— Parce que cela tombait au bon moment.
— Tu voulais faire un investissement ?
— Eh bien, c'en est un, en effet.
Dieu soit loué ! songea-t-elle en poussant un soupir de soulagement. Il n'entendait pas vivre à Seashore.
— Je vois, dit-elle d'une voix joyeuse. Tu aurais du mal à quitter Portland, j'imagine. As-tu déjà trouvé un gérant ?
— Sûrement pas ! Je vais vendre mon cabinet et m'installer ici.
Elle le regarda d'un air abasourdi. Avait-il perdu l'esprit ?
— Cela te pose un problème, Meg ?
Meg ferma un instant les yeux. Il fallait trouver une repartie, et vite ! Sam ne devait à aucun prix deviner le trouble qui l'agitait.
— Oui, en effet, dit-elle avec effort. Tu sais sans doute que la directrice adjointe de l'auberge, Deborah, part à la retraite. Or Mark m'avait promis son poste.
Sam engagea la Porsche dans la route privée qui menait au Club.
— Tu t'inquiètes pour ta promotion, n'est-ce pas ?
— Ecoute, Sam, ne crois pas avoir des obligations à mon égard. Mark a l'intention de te parler de moi, aujourd'hui, mais je ne demande aucune faveur. Après la façon dont je me suis conduite envers toi depuis ton arrivée, je... je comprendrais que tu ne veuilles pas me garder.
— J'écouterai ce que Mark a à me dire. S'il te trouve compétente pour ce poste, je me rangerai à son avis.
Ils avaient atteint le parking. Sam gara sa voiture et éteignit le contact.
— Meg, murmura-t-il en se tournant vers la jeune femme, j'ai autre chose à te dire...
Quelqu'un frappa à la vitre. Andy ! Meg sourit à son fils, radieuse. Il était arrivé juste à temps !
— Allons rejoindre les autres, déclara-t-elle, la gorge

serrée. Et... félicitations ! L'auberge est un endroit fabuleux. Je suis sûre qu'Alix et vous y serez heureux.

Elle ouvrait déjà sa portière lorsque Sam la retint par le bras.

— Meg...

Elle lui jeta un regard interrogateur. Il paraissait grave, tout à coup.

— Je dois te dire quelque chose, Meg. N'en parle à personne, pour l'instant.

Il s'était penché vers elle, et elle sentit son cœur battre la chamade. S'il l'embrassait, aurait-elle la force de le repousser ?

— Je tiens à ce que Deirdre et James n'en sachent rien avant leur départ, poursuivit-il. Alix ne viendra pas à Seashore. Nous nous sommes séparés, Meg. Définitivement. Notre divorce a été officiellement prononcé lundi.

Le bouquet de la mariée était un ravissant mélange de roses pâles, de freesias blancs et de pensées. Deirdre le lança en riant vers les invités assemblés dans l'obscurité, devant le Club. L'heure du départ pour le voyage de noces avait sonné.

Meg avait déjà fait ses adieux à James et à sa sœur. Elle se tenait en arrière, encore bouleversée par les révélations de la journée. Sam allait racheter l'auberge. Et il était libre !

Elle n'avait plus le droit de lui cacher sa paternité, à présent. Il n'y avait plus d'obstacle à la vérité. Soudain, quelque chose de doux tomba sur son épaule. Elle s'écarta, surprise, et sentit le bouquet de Deirdre lui glisser dans les mains.

La foule applaudit aussitôt. Surprise, Meg leva les yeux vers sa sœur, qui lui sourit, radieuse, avant de s'éloigner vers la limousine. Quelques instants plus tard, les jeunes époux disparaissaient.

Les yeux de Meg s'emplirent de larmes. Aurait-elle la force de traverser cette nouvelle épreuve sans sa sœur ?

Très vite, tous les invités regagnèrent la salle de bal en bavardant et en riant, et l'orchestre se remit à jouer. Lorsqu'elle se retourna, Meg vit le regard de Sam fixé sur elle.

— Tu es très galant, Sam, mais je te libère de tes obligations. Tu peux rejoindre les autres !

— Et toi ?

— J'ai besoin de prendre l'air.

— Tu te sens bien, Meg ?

— Oui, oui. Juste une petite migraine qui passera en marchant. Puis-je te demander un service ?

— Bien sûr...

Elle lui tendit le bouquet de la mariée.

— Peux-tu le déposer à l'intérieur ? Je le prendrai tout à l'heure, quand je rentrerai chez moi.

Il prit les fleurs, mais au lieu de se diriger vers le Club il parcourut les quelques mètres qui le séparaient de sa voiture et déposa le bouquet dans le coffre.

— Puisque je te raccompagnerai, dit-il, autant les laisser ici tout de suite.

Elle allait protester mais il lui saisit la main et l'entraîna dans l'allée.

— Viens...

Meg n'avait pas la force de lutter contre lui, et se laissa guider. Ils contournèrent le bâtiment principal, puis marchèrent en silence pendant quelques instants.

— Dure journée, pour toi, n'est-ce pas ? dit enfin Sam en lui pressant la main. Deirdre va te manquer.

— Oui, beaucoup, mais je sais qu'elle sera heureuse avec James, dit-elle, la gorge serrée.

Doucement, il l'attira à lui, et elle se sentit fondre. Comment détester un homme qui faisait preuve de tant de compassion ? Les yeux clos, elle sentit les mains de Sam se poser sur son cou, puis retirer la lourde barrette qui retenait ses cheveux.

Soudain, des sensations troublantes, sensuelles, l'envahirent. Elle aurait voulu se laisser aller contre lui, se blottir dans ses bras... Dans la pénombre, les yeux clairs de son compagnon brillaient comme des étoiles, et sa bouche semblait appeler ses baisers. Elle respira l'odeur de la nuit, et tout d'un coup, le souvenir d'une autre nuit la fit frissonner.

— Tu as froid ! s'exclama-t-il.

Sans hésiter, il ôta sa veste et la jeta sur les épaules de Meg.

— Rentrons, lança-t-il en lui prenant le bras.

Il se montrait amical, songea-t-elle, et rien de plus. Par miracle, il n'avait pas remarqué son trouble.

— Je suis désolée, pour ta femme, murmura-t-elle.

— Oh, c'est presque de l'histoire ancienne...

— Tu ne veux plus jamais te remarier ?

— Pas question ! On dit que l'amour est aveugle et j'ai appris ma leçon. Plus jamais je ne me laisserai prendre.

Si seulement elle n'était pas tombée amoureuse de cet homme, qui refusait tout engagement !

Ils se rapprochaient du bâtiment principal, à présent.

— Tu dois être fatiguée, remarqua Sam. Veux-tu que je te ramène ?

— Oui. Cela ne t'ennuie pas ?

— Pas le moins du monde. Et Andy ? comment rentre-t-il ?

— Il est déjà parti avec Mike. Miranda les a ramenés.

Ils traversaient l'entrée lorsque Meg reconnut un air familier. « La valse du Tennessee... » Comme elle aimait cette chanson-là !

— Tu veux danser ? demanda Sam en fixant sur elle un regard intense.

Elle frémit, infiniment troublée. Se blottir dans les bras de Sam ? Rien ne pourrait la combler davantage... Mais elle se reprit très vite.

— Non, merci. Mais je ne veux pas te retenir. Je prendrai un taxi pour rentrer.

— Non, rentrons. Je suis fatigué, moi aussi.

Le trajet du retour se déroula dans un silence pesant. Meg n'avait plus qu'une hâte : rentrer chez elle, fermer la porte, laisser la nuit l'envelopper, sombrer dans d'oubli...

Mais Sam l'accompagna jusque dans la cuisine. Il y avait une note sur la table : « Maman, je dors chez Mike. A demain. Andy. »

— Il y a un problème ? demanda Sam.

— Non. Andy m'a laissé un mot. Il dort chez son ami.

— Alors, tu seras seule, ici, ce soir ?

Meg eut un petit rire nerveux.

— Ce sera bien la première fois ! Puis-je t'offrir un verre ?

Pourquoi lui avait-elle fait cette proposition ? Elle aurait pu prétexter la fatigue, la migraine, n'importe quoi !

— Avec plaisir...

Il desserra son nœud papillon, défit les deux premiers boutons de sa chemise et s'installa sur une chaise. Il semblait aussi détendu qu'elle était nerveuse.

— Sais-tu où ils sont partis en voyage de noces ? demanda-t-il.

— Non. James t'en a parlé ?

— J'ai essayé en vain de lui arracher son secret.

Une fois les boissons prêtes, ils burent en silence.

— J'ai eu une longue conversation avec Mark, reprit enfin Sam. Tu n'as pas de souci à te faire pour ton travail. Il a une confiance absolue en toi et il n'a pas eu de peine à me convaincre.

— Oh ! C'est une excellente nouvelle ! J'espère que nous ferons du bon travail ensemble, Sam.

— Moi aussi.

— Quand vas-tu reprendre l'auberge ?

— Le 1er octobre.

Il finit son verre et se dirigea vers la fenêtre.

— Ils ne sont pas encore rentrés, murmura-t-il. J'imagine qu'Elsa s'en donne à cœur joie.

— Elle aime tellement danser !

Mue par une étrange impulsion, Meg se leva et rejoignit Sam, qui l'attira à lui et glissa la main derrière sa nuque. Aussitôt, elle noua les bras autour de son cou, et lui tendit ses lèvres...

Lorsque Sam redressa la tête, il chercha dans les yeux de Meg l'approbation que son cœur désirait. Mais elle gardait les yeux clos. Il contempla son visage offert, ses joues empourprées, ses lèvres entrouvertes. Elle paraissait si jeune, si innocente...

C'est alors qu'une sensation étrange l'envahit. Une impression de déjà-vu. Comme s'il l'avait déjà tenue dans ses bras, autrefois. Il fronça les sourcils. C'était ridicule ! La dernière fois qu'il était venu à Seashore, elle avait à peine quatorze ans !

A cet instant, Meg ouvrit les yeux, plongeant le regard dans le sien. Soudain, il y lut une telle frayeur qu'il ne fit rien pour la retenir lorsqu'elle s'éloigna.

Elle marcha d'un pas incertain jusqu'à la porte et l'ouvrit en grand.

— Il est tard, murmura-t-elle d'une voix rauque. Je vais me coucher, Sam. Merci de m'avoir raccompagnée...

Il passa une main nerveuse dans ses cheveux. Elle le congédiait ? Décidément, il n'y comprenait plus rien ! En quelques secondes, leur merveilleuse intimité avait été réduite à néant. Pourquoi ? Et pourquoi gardait-il cette étrange impression d'avoir déjà vécu cette scène ?

Renonçant à vouloir en savoir plus pour l'instant, il décida de prendre congé.

— Eh bien, à demain, Meg. Tu viendras au brunch d'Elsa, n'est-ce pas ?

— Oui.

— Je rentrerai à Portland en début d'après-midi...

Au moment où elle allait refermer la porte derrière lui, il se retourna.

— Fais de beaux rêves, lança-t-il avant de disparaître dans la nuit.

7.

De beaux rêves ! Bouleversée par le baiser de Sam, Meg passa la moitié de la nuit pelotonnée devant sa fenêtre, et regarda l'aube se lever sur la mer.

Sam n'avait aucun scrupule. Il le lui avait prouvé autrefois et il recommencerait, quoi qu'en dise Deirdre. Alors, se demandait la jeune femme, pourquoi ne pouvait-elle se déprendre de lui ? Elle soupira. Elle semblait ne plus avoir de volonté, lorsqu'il s'agissait de Sam Grainger. Dès qu'il apparaissait, elle oubliait tout !

Pourtant, elle avait un devoir envers lui. En dépit de son incroyable manque de sérieux, Sam avait le droit de savoir qu'il avait un fils. Et plus elle attendait pour le lui dire, plus ce serait difficile. Au petit matin, elle se promit de lui parler le jour même, avant qu'il ne parte pour Portland !

Peu avant midi, Meg traversa le jardin d'Elsa d'un pas lourd. Après ce qui s'était passé la veille, comme cette confidence serait difficile à faire ! Parviendrait-elle à taire son amour à Sam, tout en lui avouant qu'elle avait porté son enfant ?

Il le fallait, se dit-elle en serrant les poings.

— Bonjour, Meg, lança Elsa en la voyant franchir le seuil de sa porte. Tu es la première ! Tu tombes bien, j'ai justement besoin d'aide. Tout le monde m'a laissée tomber.

Meg suivit son amie à l'intérieur de la maison. Pourvu que Sam ne soit pas déjà parti ! songea-t-elle avec angoisse. Sinon, jamais plus elle ne recouvrerait le courage de lui parler...

Elsa tira un plateau de quiches du four et lança :

— Tu veux bien porter ces verres à punch dans la salle à manger, s'il te plaît ?

Elle posa le plateau sur le comptoir et se tourna vers Meg.

— Sam est levé, dit-elle enfin. Je l'ai envoyé me chercher des glaces. Ah ! On sonne !

Elsa s'empressa d'aller ouvrir à ses invités. Meg allait soulever le plateau de verres pour le porter dans la pièce voisine lorsque Sam pénétra dans la cuisine. Comme elle, il était vêtu simplement, d'un short et d'un T-shirt. Mais à la différence de Meg, il semblait avoir dormi tout son soûl. Pour lui, ce qui s'était passé hier n'avait donc pas d'importance...

— Bonjour ! lança-t-il d'un ton joyeux. Je t'ai attendue, ce matin, pour courir sur la plage. Que s'est-il passé ?

Sans attendre la réponse de Meg, il ouvrit le réfrigérateur et rangea les glaces dans le congélateur. Fascinée, Meg suivait chacun de ses mouvements. Comme il était sûr de lui ! Sam ne voulait pas s'engager, mais il profitait de tout ce qu'on lui donnait.

Elle recula nerveusement en le voyant s'approcher d'elle.

— Tu as fait la grasse matinée, c'est ça ? s'enquit-il.

La gorge sèche, elle bredouilla une réponse :

— Non, en fait, j'ai mal dormi, et je n'ai pas eu le courage d'aller courir.

Elle prit une profonde inspiration, puis ajouta :

— Au fait, Sam, j'aurais besoin de te parler avant que tu partes.

— Pourquoi pas maintenant ? Je suis tout ouïe.

Soudain, des rires leur parvinrent du couloir.

— Oui, les verres arrivent ! lança Elsa. Andy ! Je crois que ta mère s'est endormie devant les fourneaux. Tu veux bien aller la réveiller ?

Des pas résonnèrent dans le couloir, et Meg sentit son cœur cogner dans sa poitrine.

— Non, je préfère que nous soyons seuls, murmura-t-elle soudain. Nous pourrions nous promener sur la plage.

Sam haussa les sourcils.

— Tu m'intrigues !

Andy pénétra à cet instant dans la pièce, et se figea en découvrant Sam.

— Maman, tu devais apporter des verres...

Sans répondre, Meg prit le plateau qu'Elsa avait préparé. Mais elle tremblait tellement que les verres tintaient les uns contre les autres.

— Je m'en charge, dit Sam en lui ôtant le plateau des mains. Alors à tout à l'heure, après le repas ?

Meg acquiesça et il sortit sans un regard pour Andy, dont le visage s'était assombri.

Embarrassée, Meg entreprit de disposer les quiches sur un plat de porcelaine.

— Tu t'es bien amusé, hier soir, mon chéri ? s'enquit-elle.

— Pourquoi ce type tourne-t-il autour de toi ?

— Andy, M. Grainger n'était pas là pour moi, mais parce qu'Elsa l'avait envoyé faire une course.

— Mais il a dit qu'il voulait te voir après manger !

Meg se figea.

— Tu te trompes, Andy. C'est moi qui veux le voir. J'ai besoin de lui parler en tête à tête.

Le garçon se rembrunit davantage.

— Je croyais que tu ne l'aimais pas !

— Là n'est pas la question, mon poussin...

Andy pivota et se précipita vers la porte. Meg le rattrapa par la manche de son T-shirt.

— Calme-toi, voyons, murmura-t-elle. Dès que M. Grainger sera parti, je te parlerai aussi. Je te le promets.

*
**

Meg toucha à peine au brunch d'Elsa, tant elle était nerveuse. Sam, en revanche, paraissait insouciant, heureux de vivre. Le repas s'acheva dans la gaieté générale, sous un soleil radieux. La brise marine incitait à la rêverie, à la détente.

Au café, Meg surprit le regard satisfait de Sam. Si seulement il pouvait deviner ce qui l'attendait !

— De quel côté veux-tu aller ? s'enquit-il en prenant la jeune femme par le coude. Vers l'auberge ou vers la marina ?

— Allons vers l'auberge...

Il la lâcha dès qu'ils arrivèrent sur la plage, et elle lui jeta un regard à la dérobée. Il paraissait songeur. Se demandait-il pourquoi elle l'avait fait venir ici ?

— Es-tu pressé de partir ? s'enquit-elle. Je sais que tu as beaucoup de route à faire.

— J'ai tout mon temps.

— Alors, j'aimerais aller jusqu'à l'auberge.

— D'accord.

Ils échangèrent à peine quelques mots avant d'avoir atteint leur but. L'écriteau à vendre était maintenant barré d'un bandeau portant le mot « Vendu ».

— Mark ne t'avait pas prévenue de ses intentions, n'est-ce pas ? demanda Sam.

— Non. C'est arrivé si vite ! Mais ce n'est pas de cela que je voulais te parler.

— Ah ? Je t'écoute...

Portée par le vent, une feuille vint se poser sur les cheveux de Meg. Elle leva la main pour la repousser, mais son bras était de plomb. Une sourde angoisse l'étreignait.

— Que se passe-t-il, Meg ? demanda Sam d'un ton inquiet. Aurais-tu des ennuis ? N'hésite pas à me demander tout ce que tu veux...

Elle lui tourna brusquement le dos et se mit à tirer sur

l'écorce de l'arbousier. Sam la saisit par les épaules et la força à se retourner. Il y avait une telle inquiétude, dans ses yeux !

Meg ferma un instant les paupières pour chasser ses larmes. Il fallait absolument qu'elle se calme, sinon, elle n'arriverait à rien ! Elle recula.

— Il faut que tu comprennes, Sam, balbutia-t-elle en se forçant à regarder son compagnon dans les yeux. Je n'ai pas pu te parler avant, parce que je ne voulais pas... Enfin, il fallait préserver ton mariage...

— Va droit au but, Meg ! Qu'as-tu à me dire qui aurait pu menacer mon couple ?

Le moment qu'elle redoutait depuis des années était arrivé. Elle avait toujours su, au fond de son cœur, que Sam apprendrait un jour la vérité.

Il attendait, les sourcils froncés, l'air circonspect.

Meg serra convulsivement ses mains l'une contre l'autre.

— Ce n'est pas tous les jours qu'un homme découvre qu'il est père, murmura-t-elle d'une voix à peine audible.

Il la regarda fixement sans comprendre. Meg était au supplice. Il avait donc refoulé à ce point ses souvenirs ?

— Sam, il faut que tu saches : Andy est ton fils !

Il recula comme si elle l'avait frappé. Puis, lentement, le choc fit place à la colère.

— Qu'est-ce que c'est que cette histoire ? dit-il d'un ton dur.

Des larmes coulèrent sur les joues pâles de la jeune femme.

— C'est la vérité, Sam. Andy est ton fils. Notre fils.

— Tu as perdu la tête ! J'ignore à quoi tu joues, Meg, mais ce que tu dis est impossible...

— Tu ne te souviens pas de notre nuit, il y a treize ans ?

— Quelle nuit, Meg ? demanda-t-il en s'efforçant de garder son calme. De quoi parles-tu ?

— Tu le sais très bien ! s'écria-t-elle, outrée.

— Non, murmura-t-il entre ses dents. J'ai besoin que tu me le rappelles.

Elle se redressa, très pâle, et soutint son regard.

— Je parle de la nuit où nous avons fait l'amour, toi et moi, ici même...

Il leva les bras dans un geste d'impuissance. D'une voix blanche, elle poursuivit :

— C'était le soir où on t'a annoncé la mort d'Alix. Je rentrais chez moi à vélo et je t'ai vu au bord de l'eau. Je suis venue te dire bonsoir. J'ignorais tout de l'accident. Tu pleurais, alors...

Sam se figea. Son récit paraissait si plausible, si vivant... Et pourtant, il ne se rappelait pas cette nuit-là. Etait-il possible que Meg dise vrai ? Un vertige le fit chanceler.

— Continue..., dit-il.

— Pourquoi ? Tu connais la suite.

— Continue, Meg !

Il avait presque crié.

— Le lendemain matin, tu as découvert que ta femme était vivante, qu'elle était à l'hôpital. Tu es parti immédiatement, ajouta-t-elle en se tournant vers l'océan. Sans rien me dire. Tu ne m'as même pas appelée pour prendre de mes nouvelles...

Sam resta longtemps immobile. Lorsqu'il parla, sa voix lui parut venir de loin, d'un autre lui-même.

— Mon Dieu ! Je ne savais pas, Meg. Je ne me souviens de rien.

Il avait un fils ! Un fils que Meg avait porté, élevé, seule depuis treize ans. Comment avait-elle trouvé le courage de se taire ? Une énorme compassion s'empara de lui, lui écrasant le cœur. Il se tourna vers Meg, qui posa sur lui un regard meurtri.

— Tu savais que nous avions fait l'amour, murmura-t-elle. Tu n'as jamais pensé qu'il pouvait y avoir des conséquences ? Tout cela a donc si peu compté pour toi ?

Comme il l'avait blessée ! Jamais il ne se le pardonnerait. Il aurait tellement voulu la prendre dans ses bras, en ce moment ! Mais il fallait d'abord qu'il s'explique.

— J'étais ici en convalescence, reprit-il. Je prenais des médicaments très forts. Lorsque j'ai appris la mort d'Alix, j'ai bu beaucoup, pour mieux supporter la douleur, et je ne garde aucun souvenir de cette nuit-là. Tout ce dont je me souviens, c'est d'avoir allumé la télévision, le lendemain matin, pour avoir les nouvelles. C'est là que j'ai appris qu'Alix était vivante.

Il s'interrompit en voyant Meg pivoter vers lui. Ses yeux étaient vides d'expression, comme s'il l'avait frappée en pleine poitrine.

— Tu ne te souviens de rien? De rien du tout?

— Non...

Sam frémit. Les mots lui manquaient pour exprimer son angoisse, ses regrets, ses remords. Elle semblait si fragile, si vulnérable...

— Pourquoi ne m'as-tu pas contacté? demanda-t-il d'une voix rauque. Quand tu as découvert que tu étais enceinte.

Elle haussa les épaules dans un geste de lassitude.

— Alix et toi étiez heureux. Cet enfant aurait pu briser votre union. Si Alix avait appris que nous avions fait l'amour et que nous avions conçu un enfant, elle t'aurait peut-être quitté. Je ne voulais pas prendre ce risque.

Que se serait-il passé, à cette époque-là, s'il avait su? Savoir qu'il allait être père aurait changé sa vie... Bien vite, Sam chassa ces pensées. Il était trop tard pour revenir en arrière, maintenant. Mais il n'était pas trop tard pour s'occuper de son fils.

Andy... L'image de l'adolescent s'imposa soudain à lui. Comme il était fier d'avoir un fils comme lui!

— Andy est-il au courant? demanda-t-il.

Meg secoua la tête.

— Deirdre est seule à connaître la vérité. J'ai prévu de tout dire à Andy ce soir.

— Et après?

— Lorsque tu reviendras de Portland, nous verrons.

— Je veux m'occuper de mon fils, Meg !

La jeune femme tressaillit.

— S'il est d'accord, bien sûr, ajouta-t-il. Je sais qu'il n'a guère de sympathie pour moi. Mais peut-être qu'avec le temps, je pourrai le faire changer d'avis. Meg...

Il posa son bras sur celui de la jeune femme mais elle s'écarta brusquement et s'enfuit vers la maison.

Si seulement Deirdre avait pu être là ! Meg contempla les étoiles et laissa la balancelle osciller doucement sous son poids. Ce jardin était pourtant l'endroit le plus sûr au monde, pour elle. Mais ce soir, elle sentait sa quiétude menacée. Si sa sœur avait été là, Andy aurait eu quelqu'un à qui parler, après avoir violemment rejeté sa mère.

Meg soupira. Elle avait tout fait pour lui annoncer la nouvelle en douceur. Elle l'avait emmené dîner dans sa pizzéria préférée, puis l'avait conduit à la plate-forme du centre-ville pour faire de la planche à roulettes. Andy était ravi.

Puis ils étaient rentrés à pied, et elle lui avait parlé sur le chemin, sans rien omettre...

Andy n'avait pas dit un mot. Ils arrivaient devant la maison lorsqu'elle avait ajouté que Sam avait acheté l'auberge et reviendrait vivre à Seashore dans un mois.

— Je sais que c'est un choc terrible, pour toi, avait-elle murmuré en s'arrêtant dans l'allée. Tu as toujours voulu savoir qui était ton père. Tu comprends, maintenant, pourquoi je ne pouvais rien te dire. Lorsque j'ai découvert que Sam et Alix étaient divorcés, j'ai pu enfin te parler.

Andy se tenait immobile, les yeux dans le vague. Meg lui avait tendu la main.

— Mon chéri...

Il avait reculé et s'était élancé en direction de la plage.

Elle l'avait appelé, en vain. Il avait sans doute besoin d'être seul pour réfléchir à tout ce qu'il venait d'apprendre. Mieux valait le laisser, avait-elle alors songé.

*
**

Meg consulta sa montre. Il était près de minuit. Où était passé Andy ? Pourquoi s'attardait-il ainsi ? Depuis qu'il l'avait quittée, une sourde angoisse l'étreignait. Pourvu qu'il n'ait pas commis l'irréparable... Et s'il s'était jeté à l'eau ?

Soudain, un bruit de pas se fit entendre sur le gravier, et Meg tourna la tête, scrutant l'obscurité. Quelques secondes plus tard, elle aperçut la silhouette de son fils. Il tenait toujours sa planche à roulettes sous le bras.

— Andy ! s'exclama-t-elle. Où étais-tu ? J'étais inquiète.

Mais l'adolescent ne répondit pas. Il passa devant elle sans s'arrêter et entra dans la maison.

— Ça y est, James, déclara Sam. J'ai vendu mon cabinet.

James enveloppa son ami d'un regard intense. Ils venaient de dîner et Deirdre s'apprêtait à leur servir le café.

— Comment te sens-tu, maintenant ? demanda James.

— Plutôt bizarre, répondit Sam en souriant, et un peu coupable par rapport à mon père. Lorsque j'ai signé tous les papiers, j'aurais juré l'avoir entendu pousser un cri d'indignation. Tous mes ancêtres ont dû se retourner dans leurs tombes ! Mais je me sens aussi infiniment soulagé.

— Vraiment ? demanda Deirdre d'un air surpris.

— Tu ne peux pas savoir. Finies, les sombres histoires de famille, les enfants tiraillés, les procès !

Sam tourna le sucre dans son café.

— Et puis, je me sens rajeunir. Jamais je n'aurais cru être si confiant dans l'avenir, si joyeux. C'est une aventure totalement nouvelle, pour moi. Je ne sais pas encore si je serai à la hauteur.

— Tu as de la chance d'avoir Meg, dit James. Elle pourrait gérer l'auberge les yeux fermés, n'est-ce pas, chérie ?

— Ça oui ! répondit Deirdre d'un ton fier. A propos, j'ai téléphoné deux ou trois fois à ma sœur depuis notre retour. Andy ne lui rend pas la vie facile.

Sam resta silencieux.

— Tu n'as pas parlé à Meg durant un mois entier ? lui demanda James avant de boire une gorgée de café.

— Non. J'ai jugé préférable de leur laisser le temps de s'habituer à la situation. C'était déjà difficile pour eux de te voir partir, Deirdre.

— Tu seras prudent, n'est-ce pas ? s'enquit James d'une voix inquiète.

— Ne t'en fais pas.

— Maintenant qu'elle sait pourquoi tu n'as jamais donné signe de vie, Meg ne t'en veut plus, dit Deirdre. Mais si tu savais combien de fois nous nous sommes étonnées de ton silence. Je n'arrivais pas à le comprendre. Cela te ressemblait si peu !

Sam se rembrunit.

— Oui, mon attitude a été impardonnable. Je ne sais pas si j'arriverai à rattraper toutes ces erreurs, toutes ces années...

— Ne sois pas trop dur envers toi-même, dit James. Etant donné les circonstances, personne ne peut te juger.

Sam recula sa chaise dans un geste furieux.

— Tu plaisantes ? s'écria-t-il. Je n'ai aucune excuse ! Je n'aurai pas assez de toute ma vie pour réparer ça !

Un lourd silence suivit ces propos et, malgré les efforts de Deirdre pour égayer l'atmosphère, la soirée était gâchée. Ils terminèrent leur café, puis Sam prit congé.

— Merci pour ce délicieux dîner, Deirdre. J'ai été content de vous revoir.

Les jeunes mariés l'accompagnèrent jusqu'à sa voiture.

— Meg ne t'attend pas avant demain, déclara Deirdre alors qu'il démarrait. Je sais qu'elle sort, ce soir. Mark et Deborah donnent une grande fête à l'auberge pour leur départ.

— Oui, Mark m'a invité aussi. C'est pour cela que je pars plus tôt. J'espère arriver à Seashore vers 10 heures. Surtout, ne dis rien à Meg. Je compte lui faire la surprise !

Deirdre lui adressa un dernier signe de la main et Sam s'éloigna, songeur. Une nouvelle vie commençait pour lui. Saurait-il profiter de cette deuxième chance ?

8.

Mark passa un bras autour des épaules de sa fiancée et contempla ses invités, rassemblés dans les salons de l'auberge pour un somptueux cocktail.

— Mes chers amis, vous savez sans doute que Deborah et moi allons nous marier à Chicago, déclara-t-il. Ma future belle-mère est trop âgée pour voyager, et nous nous marierons donc chez elle, ce qui a l'air de lui faire un immense plaisir...

Deborah eut un sourire radieux.

— Elle avait presque perdu espoir de marier sa fille unique ! lança-t-elle avec un clin d'œil.

Tout le monde éclata de rire et Mark prit une coupe de champagne.

— Avant de nous séparer, j'aimerais porter un toast, dit-il. A Marguerite, déclara-t-il. La nouvelle directrice adjointe de l'Auberge !

Tandis que les applaudissements fusaient, il leva de nouveau sa coupe avec un sourire malicieux.

— Et à son nouveau patron, Sam Grainger !

Meg se figea. Sam ne devait arriver que demain ! Soudain, elle sentit son regard sur elle.

— Bonsoir...

Elle pivota, incrédule, puis s'efforça de recouvrer ses esprits. Il n'était pas venu ici pour la voir mais pour reprendre les rênes de l'auberge !

Pendant son absence, elle avait beaucoup réfléchi, et compris que Sam n'était pas homme à refuser ses responsabilités. Elle l'avait vraiment mal jugé, durant toutes ces années. Et puisque, désormais, ils travailleraient ensemble, elle ferait tout son possible pour l'aider. Et elle l'aiderait aussi à conquérir le cœur de son fils...

— Meg ?

Il portait un jean et une chemise de flanelle sous un pull marin. Ses cheveux étaient ébouriffés par le vent du soir, ses joues ombrées d'une barbe naissante, et son regard cherchait le sien.

— Bonsoir, Sam, murmura-t-elle avec un sourire lumineux. Bienvenue chez toi.

Sam donna un nouveau coup de poing à son oreiller et se tourna sur le dos. Il n'était toujours pas revenu de sa surprise. Jamais il n'aurait cru que Meg l'accueillerait si chaleureusement, à l'Auberge. Pourtant, lorsqu'un garçon les avait bousculés, les forçant à se heurter l'un l'autre au beau milieu de la foule, il avait senti sa réticence. Elle s'était écartée de lui comme s'il l'avait brûlée.

— J'ai dîné chez ta sœur avant de prendre la route, avait-il dit. Elle m'a parlé d'Andy. Il te cause des tracas, n'est-ce pas ?

Sam avait vu son pouls battre plus vite, soudain, à la naissance de sa gorge. Cela devait être épouvantable, pour elle, de voir son propre fils la rejeter.

— Que puis-je faire, Meg ?

Cette fois, il eut l'impression de voir des larmes briller dans ses yeux. Avait-il rêvé ?

— Rien, avait-elle répondu. Etre toi-même lorsque tu le verras, c'est tout.

— Et nous deux, Meg ? La guerre est finie ?

Elle avait soutenu son regard avec fierté.

— Elle est finie, Sam.

Mark était arrivé sur ces entrefaites et l'avait entraîné pour le présenter à ses invités. Lorsque Sam avait cherché Meg, par la suite, elle était déjà partie. Cela lui avait pratiquement gâché la soirée. Il aurait tellement aimé lui parler encore !

Epuisé, Sam s'était tout de suite mis au lit en rentrant chez Elsa. Mais le sommeil l'avait fui. Meg le hantait. Maintenant, les yeux rivés au plafond, dans l'obscurité, il écoutait le bruit des vagues sur la grève. Pour la énième fois depuis la révélation de Meg, il songea à la nuit où Andy avait été conçu.

Cela s'était passé sous l'arbousier, avait dit Meg. Combien de fois s'était-il concentré mentalement sur cet endroit, pour essayer de glaner un souvenir ? En vain. Son amnésie était totale. Comment pouvait-il avoir oublié pareil moment ?

Envahi d'un remords insoutenable, il rejeta le drap et marcha jusqu'à la fenêtre. La pleine lune baignait l'océan de sa lumière argentée.

Le regard de Sam se posa sur l'arbousier, au bord de la plage. La pelouse finissait là, douce et accueillante. La lune était-elle pleine, ce soir-là ? Y avait-il du vent ? Une brise légère ?

Soudain, un souvenir lui traversa l'esprit. Ou plutôt, une réminiscence. Lorsqu'il avait tenu Meg dans ses bras, le jour où Andy était revenu de son camp de vacances, il avait eu l'impression de l'avoir tenue contre lui auparavant, d'avoir contemplé son visage offert.

Puis l'impression s'était effacée avec l'irruption d'Andy. Cet enfant avait été conçu cette nuit-là, songea-t-il en appuyant son front brûlant contre la vitre. C'était le seul élément positif dans ce gâchis. Dire que Meg n'avait que dix-huit ans, à l'époque... Soudain, il tressaillit. Lui avait-il volé sa virginité en même temps que sa jeunesse ?

Dans un geste de désespoir, Sam frappa le mur de son poing. Si seulement la douleur pouvait lui enlever un tant soit peu de son remords !

— Bonjour, Meg !

Katy, la nouvelle et toute jeune réceptionniste, accueillit Meg avcc un grand sourire. Elle habitait non loin du terrain de golf et venait à son travail au volant d'une Honda bleue.

— Vous vous êtes bien amusée, à la réception ? s'enquit-elle.

— Beaucoup.

Un groupe de touristes arriva soudain et Meg jeta un bref regard circulaire alentour.

— M. Grainger est-il arrivé ? demanda-t-elle.

— Oui, il est dans votre bureau.

— Merci.

Meg s'éloigna et, après avoir brièvement frappé à la porte, pénétra dans son bureau. Sam se tenait devant la fenêtre, le dos tourné. Pendant une seconde, Meg ne vit que sa silhouette à contre-jour.

Elle frémit lorsqu'il se retourna et s'avança vers elle. Aujourd'hui, il portait un jean et une chemise de toile claire, aux manches roulées sur les avant-bras. Sa montre luisait contre son poignet, mettant en valeur le hâle de sa peau.

Profondément troublée, Meg leva les yeux et rencontra son regard. Ses yeux n'avaient jamais été si verts. Ni si profonds. Ni si envoûtants...

— Et voilà, Meg, je suis à toi ! lança-t-il en souriant.

Puis il s'assit sur le bord du bureau et contempla la jeune femme d'un air malicieux.

Meg devint cramoisie. « Quel idiot je fais ! » songea Sam, penaud. A aucun prix il ne voulait la mettre mal à l'aise, et c'était pourtant la première chose qu'il avait faite !

— Je... me suis mal exprimé, reprit-il.

— Ça ne fait rien, déclara-t-elle en ôtant sa veste pour la suspendre au portemanteau.

Elle se dirigea ensuite vers le classeur, ouvrit le tiroir du haut et en tira rapidement un gros registre.

— Mark a laissé ça pour toi, reprit-elle en lui tendant le document. Si tu as des questions après l'avoir lu, je ferai de mon mieux pour y répondre.

Elle avait donc l'intention de le tenir à l'écart, songea-t-il. Très bien ! Il essayerait de s'y habituer. Ce ne serait pourtant pas facile. Elle était si belle, et plus élégante que jamais, aujourd'hui, avec son pantalon bleu marine et son sweater de coton blanc.

Comme il s'attardait sur ses cheveux courts, ses pommettes hautes et ses grands yeux bleus, son regard sévère le rappela à l'ordre, et il baissa les yeux sur le registre.

— J'en ai au moins pour deux semaines, dit-il.

Meg alla s'asseoir derrière son bureau.

— En attendant, nous avons un car de touristes qui vient d'arriver. Mark tenait toujours à les accueillir en personne avant qu'ils prennent leur petit déjeuner. As-tu envie de perpétrer la tradition ?

Il se leva en souriant.

— Bien sûr...

Il la salua d'un geste et quitta à regret la pièce.

A peine avait-il refermé la porte derrière lui que Meg s'effondrait sur son fauteuil. Ouf ! Ce premier entretien ne s'était pas trop mal passé. Elle avait maintenu ses distances tout en lui offrant son aide, mais il lui avait fallu des trésors de volonté pour ne pas se jeter à son cou.

Chassant ces pensées troublantes, Meg prit le courrier déposé dans sa panière et examina les messages téléphoniques. L'heure n'était plus à la rêverie. Elle avait du pain sur la planche !

La journée passa sans qu'elle revît Sam. Elle allait chercher son vélo pour rentrer chez elle lorsqu'elle l'aperçut dans l'allée menant à la propriété adjacente. Son cœur se mit à battre la chamade, comme chaque fois que son regard se posait sur lui.

Elle se hâta de monter en selle et lui adressa un vague signe de la main.

— Attends une minute !

Elle s'arrêta, les mains crispées sur son guidon.

— Comment s'est passée ta journée ? s'enquit-il en s'approchant.

— Je n'ai pas eu une minute à moi ! Et toi ?

— Moi non plus, dit-il en riant. Mais j'avoue que cela ne ne déplaît pas. Tu... rentres chez toi ?

— Oui. Andy arrive vers 17 heures.

Sans consulter sa montre, Meg savait qu'il était déjà 18 heures passées.

— Je n'aime pas le laisser seul trop longtemps, ajouta-t-elle.

— Pourquoi n'es-tu pas partie plus tôt ?

— Deborah restait toujours jusqu'à 18 heures, et j'ai adopté ses horaires.

— Ce n'est pas nécessaire, Meg. Nous pouvons très bien changer cela.

— Nous verrons...

Elle allait partir lorsque Sam posa la main sur son poignet.

— Meg, j'aimerais voir mon fils. Cela te dérangerait si je passais, ce soir ?

Elle hésita une fraction de seconde. Comment Andy accueillerait-il son père ? S'efforçant de cacher son appréhension, elle acquiesça en souriant.

— Viens après dîner, dit-elle. Cela me laissera le temps de prévenir Andy de ta visite.

En effet, mieux valait préparer le jeune garçon, songea-t-elle. Qui sait de quel mouvement de colère il était capable ?

⁂

Meg rangea la dernière assiette dans le lave-vaisselle en soupirant. Elle avait déjà annoncé la visite de son père à Andy, qui n'avait pas bronché.

A l'instant où elle se retournait, il prit ses affaires de classe, posées sur un coin de la table, et se dirigea vers la porte.

— Où vas-tu ? s'enquit Meg.

— J'ai des devoirs à finir. Je monte dans ma chambre.

— Une minute ! insista-t-elle en le suivant dans le couloir.

Il se retourna et la toisa d'un air hautain.

— Je t'ai dit que ton père allait passer. Je voudrais que tu restes ici.

— Pourquoi ?

— Pour que vous fassiez connaissance ! C'est nécessaire, Andy...

— Ah, oui ? Pour qui ?

Son ton était si insolent que Meg tressaillit. Il dépassait vraiment les bornes !

— Pour nous deux, répondit-elle en s'efforçant de garder son calme.

— Je regrette, mais tout ça, c'est ta faute, et je ne suis pas obligé de t'obéir.

Cette fois, Meg sentit la colère l'envahir. Elle leva la main, prête à le gifler, et s'immobilisa. Comment avait-elle pu perdre le contrôle d'elle-même à ce point ?

Andy aussi semblait sidéré. Il la regardait, les yeux écarquillés de surprise. Puis il eut un rire sarcastique.

— Vas-y ! Frappe-moi ! Qu'est-ce que tu attends ?

— Andy, murmura-t-elle en s'avançant vers lui. Je suis désolée. Je ne voulais pas...

Il recula brusquement.

— Tout ça, c'est sa faute. Jamais tu ne m'aurais giflé, avant qu'il arrive. Je le déteste, ajouta-t-il en montant l'escalier. Et je te déteste aussi !

⁂

Lorsque Sam frappa à la porte de la cuisine, seul le silence lui répondit. Il frappa plus fort. Au bout de quelques secondes, il entendit une chaise bouger sur le parquet, puis, après ce qui lui parut une éternité, Meg vint lui ouvrir. Sans un mot, elle s'effaça pour le laisser entrer.

— Bonsoir, Meg. Excuse-moi, je suis en retard, mais...

Il s'interrompit en contemplant le visage de la jeune femme. Elle avait manifestement pleuré.

— C'est Andy ? demanda-t-il en serrant les mâchoires.

Un bruit sourd leur parvint de l'étage. Sam regarda autour de lui et prit la veste de la jeune femme sur une chaise.

— Viens, Meg, dit-il d'un ton ferme. Tu as besoin de sortir un peu d'ici.

— Mais...

Elle lui jeta un regard éperdu.

— Laisse-lui un mot...

Elle poussa un soupir déchirant et ouvrit un tiroir pour y prendre du papier et un crayon. Puis elle griffonna quelques mots.

— Bien, dit-il en lui prenant la main. Je connais un petit pub, loin de Larch Grove. Il faut que nous parlions, toi et moi !

Le *Gourmet Bar* était situé au bord d'une rivière. La salle baignait dans une lumière feutrée, et les reflets des verres et des bouteilles se reflétaient doucement dans l'immense miroir situé derrière le bar.

Sam conduisit Meg jusqu'à une petite alcôve donnant sur un jardin illuminé. La serveuse vint presque immédiatement et Sam commanda deux cognacs.

Une fois seul avec Meg, Sam prit la parole.

— Que s'est-il passé, ce soir, Meg ? J'imagine que vous vous êtes disputés parce que je venais chez vous.

Meg hocha la tête.

— Andy était très insolent.

Elle baissa les yeux et contempla ses mains, nouées devant elle sur la table.

— J'ai failli le gifler, Sam, murmura-t-elle. Je ne me suis arrêtée qu'à la dernière minute. J'étais hors de moi !

— Meg...

Il prit les mains de la jeune femme dans les siennes.

— Je sais à quel point tout cela a été dur, pour toi, murmura-t-il. Pour vous deux...

A son contact, la jeune femme se détendit peu à peu.

— C'est une période difficile, dit-elle d'une voix tremblante, avant de sortir un mouchoir en papier de son sac. Surtout pour Andy.

Sam se rejeta en arrière pour mieux observer Meg.

— Je comprendrais sans doute mieux mon fils si tu me parlais de ce que vous avez vécu, tous les deux. Depuis ton divorce, sa famille s'est réduite à Deirdre et à toi, avec Elsa comme grand-mère de substitution, c'est ça ?

— Exactement, oui.

— Et quel âge avait Andy quand tu as épousé Jack ?

— Deux ans et demi.

— Tu étais... amoureuse de lui ?

— Je l'ai cru, oui. Mais je voulais surtout un père pour Andy. Je me suis trompée, ajouta-t-elle d'un ton amer.

— Jack aurait-il préféré avoir des enfants à lui ?

— Non. Il n'avait pas la fibre paternelle et se trouvait trop jeune pour avoir un enfant à charge. Il a même rendu Andy responsable de notre séparation.

— Andy a-t-il souffert lorsque vous avez divorcé ?

— Oui. Il l'adorait, mais il savait que Jack ne s'intéressait pas à lui.

Meg but une gorgée de liqueur avant de continuer.

— C'est d'ailleurs pour Andy que j'ai accepté d'épouser Jack. Mais une fois marié, il a changé, et a cessé de s'occuper de mon fils. Andy était désorienté. C'était si douloureux de se voir sans cesse repoussé...

Sam se rembrunit.

— Tu comprends, à présent, pourquoi Andy est si hostile envers toi ? poursuivit Meg. Il a été traumatisé par son beau-père.

— Pauvre enfant ! murmura Sam en jouant avec le pied de son verre. Cela va être difficile de regagner sa confiance.

— J'en ai peur, hélas...

Ils se turent, perdus dans leurs pensées. Une fois leurs verres finis, Sam régla l'addition et prit le bras de Meg et ils sortirent. Dehors, l'air embaumait le chèvrefeuille. Des couples se promenaient au clair de lune, sur un sentier le long de la rivière.

— Tu veux marcher un peu ? demanda Sam.

Comme Meg hésitait, Sam lui prit la main et l'entraîna vers le sentier. Ils marchèrent quelques instants en silence.

— A quoi penses-tu ?

La voix de Meg ramena Sam à la réalité. Il serra les doigts de la jeune femme entre les siens.

— A Alix.

— Elle te manque ?

— Disons que je regrette la vie que nous aurions pu avoir. Ou plutôt, ce sur quoi je croyais que notre couple était fondé...

Ils arrivèrent près d'une charmante tonnelle, dont le feuillage brillait doucement sous la lune. Ici, ils semblaient loin de tout, comme s'ils venaient de pénétrer dans un rêve. On n'entendait plus que les grillons, le bourdonnement des insectes, le hululement lointain d'une chouette.

— Et... sur quoi était fondé le couple que tu formais avec Alix ? demanda Meg.

Pendant un long moment, elle crut qu'il n'allait pas répondre.

— Je ne peux pas en parler, Meg, murmura-t-il enfin. Pas encore.

— Je suis désolée...

— En tout cas, je suis certain d'une chose, reprit-il. Jamais plus je ne me marierai.

Soudain, le cri d'un oiseau nocturne résonna sur la rivière. Un cri solitaire, plein de nostalgie.

— Toi aussi, tu as été blessé, soupira Meg. Comme Andy.

— Et toi, Meg? Tu étais sincère, le soir du mariage de Deirdre, en disant vouloir rester célibataire?

— Oui. Je suis heureuse comme ça. Tu n'as fait qu'une erreur dans ta vie. Moi, j'en ai fait deux.

— Et je suis la première, n'est-ce pas?

— En effet. J'ai été dépassée par la situation, j'étais jeune, j'éprouvais...

— De la compassion?

Il prit Meg par les épaules et l'obligea à le regarder.

— Il n'y a pas de raison d'en avoir honte, Meg.

S'il savait la vérité! Elle frémit. Jamais il ne devait apprendre quelle passion inouïe il lui avait toujours inspirée.

— De toute façon, je ne me remarierai pas, chuchota-t-elle. J'ai ma famille, mon travail, mes amis. Que pourrais-je vouloir de plus?

« A part toi », faillit-elle ajouter. Pendant une fraction de seconde, cette pensée la fit frémir. Elle ne guérirait donc jamais?

— Eh bien, puisque nous sommes tous les deux des célibataires endurcis, reprit Sam, nous pourrions sortir ensemble, toi et moi? Avoir une liaison, sans engagement, sans promesse...

Une liaison avec lui? Une série d'images déferlèrent dans son esprit. Alors qu'elle sentait le rouge lui empourprer les joues, elle surprit une lueur amusée dans les yeux de Sam. Il plaisantait!

Dire que pendant un bref instant, elle avait failli accepter! Atterrée, Meg bénit l'obscurité qui dissimulait son trouble. Sam avait encore beaucoup trop de pouvoir sur elle. Il fallait qu'elle lui donne le change, absolument!

Elle se tourna vers lui avec un rire amer.

— N'y compte pas, Sam Grainger ! Je me contente d'être la mère de ton fils ! Et ce n'est pas facile tous les jours, crois-moi !

9.

Meg regarda les feux arrière de la voiture de Sam s'éloigner au bout de la rue. Elle ne l'avait pas invité à entrer.

Elle trouva Andy dans le salon, en train de regarder les informations, et tressaillit. L'image d'Alix Grainger remplissait tout l'écran !

Brune, grande et pleine de charme, l'ex-femme de Sam se tenait devant une rue bombardée. Sa chemise kaki était tachée, ainsi que son pantalon. Un vent fort soulevait ses cheveux et les plaquait sur sa joue, mais elle n'en continuait pas moins de parler avec fougue. D'un geste impatient, elle repoussa la mèche sur sa joue et termina, le regard fixé sur la caméra. Elle avait des yeux splendides.

— Pourquoi ont-ils divorcé ?

La voix de son fils la fit sursauter. Elle s'approcha de lui et remarqua qu'il avait pleuré.

— Je ne sais pas, chéri.

— Pourquoi tu ne le lui as pas demandé ?

— Je l'ai fait. Il n'a pas voulu m'en parler.

— Maintenant qu'il est plus avec elle, alors il veut bien de toi, c'est ça ?

— Chéri, il n'y a plus rien entre nous. Nous dirigeons l'auberge ensemble et nous avons besoin de nous connaître, c'est tout. Pour bien travailler ensemble.

— Vous ne travailliez pas, ce soir ! Tu es sortie avec lui pendant plus de deux heures. Qu'est-ce que vous avez fait ?

— Nous avons bavardé. Tu permets que j'éteigne? ajouta-t-elle en prenant la télécommande sur la table basse.

Alix Grainger disparut brusquement de l'écran.

— Il faut que nous parlions, toi et moi.

— De quoi ? demanda-t-il avec une mine renfrognée.

— De ton attitude. Je t'ai accordé une grande liberté de parole, ces derniers temps, mais maintenant, c'est terminé ! Quelle que soit ton humeur, je te demande de me parler correctement. Sinon, tu auras affaire à moi !

Andy se leva.

— Très bien. Je tâcherai d'être poli, murmura-t-il d'un ton froid.

— Envers moi et envers ton père ?

Il mit quelques secondes à répondre.

— D'accord.

Il fit mine de bâiller et se dirigea vers la porte.

— Bonne nuit, maman.

— Je suis désolée pour ce soir, Andy...

Il s'arrêta devant elle. Comme il avait grandi ! songea-t-elle, surprise. Il n'allait pas tarder à la dépasser. Bientôt, il serait un homme, et il la quitterait. Sa gorge se serra.

— Ne t'inquiète pas pour ça, dit-il.

Jamais encore elle ne lui avait vu cette expression fermée. Où était passé son petit garçon, celui qui se confiait toujours à elle ?

— J'ai déjà oublié, reprit-il en déposant un léger baiser sur la joue de sa mère.

Il mentait, elle le savait. Il n'accorderait jamais rien à Sam. C'était devenu son ennemi, comme Jack. Et tant qu'elle serait du côté de son père, il continuerait de la rejeter, elle aussi.

Comme la vie était ironique ! songea Meg avec un sourire amer. C'était elle, maintenant, qui séparait son enfant de l'homme qu'elle aimait !

⁂

Le lendemain, elle frappa comme d'habitude à la porte d'Andy avant de s'élancer pour son jogging matinal. Mais il y avait un brouillard si épais, sur la plage, qu'elle courut moins longtemps que d'habitude.

Lorsqu'elle revint, Andy terminait son petit déjeuner.

— Bonjour, mon chéri, dit-elle.

— Bonjour...

Il se détourna et enfila son blouson.

— Tu pars déjà ? s'étonna Meg, les sourcils froncés.

— J'ai rendez-vous avec Mike au coin de la rue.

— Mais... tu es en avance !

— Hier, tu ne voulais pas que je sois en retard. Tu ne veux pas que je sois en avance non plus ?

— Andy, ce n'est pas ce que je voulais dire...

— Bon, j'y vais.

Il balança son cartable sur son épaule et franchit le seuil.

— A ce soir ! dit-il sans se retourner.

Pas un sourire, pas un baiser ! Oh, certes ! Il était poli, mais elle ne pouvait pas le forcer à être affectueux. Meg soupira et monta prendre sa douche. Puis elle s'habilla, but son café et partit au travail.

Dès qu'elle vit Sam dans le vestibule de l'Auberge, tous ses soucis disparurent comme par enchantement.

Il portait un superbe costume gris taupe, avec une chemise blanche et une cravate du même vert que ses yeux.

Et il regardait Katy, qui semblait ravie.

Meg sentit la jalousie lui poignarder le cœur. Elle porta la main à sa gorge. Elle n'avait aucun droit sur Sam, même s'il était le père de son enfant. Et puis, ne lui avait-il pas dit qu'il ne voulait aucun engagement sentimental ? Le message était clair, non ?

— Bonjour ! lança-t-elle à la cantonade, tout en se dirigeant vers son bureau.

— Bonjour, Meg ! répondit Katy en continuant de sourire aux anges.

— Bonjour, Meg. Excusez-moi, Katy...

Sam délaissa la réceptionniste pour rejoindre Meg.

— Tu permets ? demanda-t-il en ouvrant la porte pour elle.

Le cœur battant, Meg franchit le seuil, ôta sa veste et la suspendit sans prononcer la moindre parole.

— Comment cela s'est-il passé, hier soir, avec Andy ? reprit-il.

— Eh bien, nous avons parlé, répondit Meg en rangeant son sac dans un tiroir du bureau. Il m'a promis d'être poli, à l'avenir. Envers nous deux.

— Eh bien ! C'est déjà un début, il me semble.

Sam enfonça les mains dans les poches de son pantalon et resta quelques instants silencieux.

— Ecoute, reprit-il, j'ai réfléchi à l'attitude que je devais avoir envers lui.

En le regardant, Meg se sentait aussi fascinée que Katy, tout à l'heure. Ce devait être à cause de ses yeux. Ces fascinants yeux verts dans lesquels elle se serait volontiers noyée.

— J'en suis arrivé à la conclusion que moins je ferai pression sur lui, mieux il m'accepterait, poursuivit-il. En même temps, il ne faut pas lui permettre de régenter notre relation.

Elle répondit d'un vague murmure. Sam parut satisfait.

— Il sait que nous travaillons ensemble, poursuivit-il. Et s'il s'habitue à l'idée que je suis ton ami, il finira par accepter ma présence, à me voir dans son entourage, à sortir avec nous. Qu'en penses-tu ?

Il avait parlé d'amitié ? Comment pourrait-elle se contenter d'une simple amitié, alors que son cœur brûlait d'amour pour lui ?

— Meg ? Tu ne réponds pas ?

La voix de Sam la ramena à la réalité. Elle devait absolument donner le change.

— Oui, oui..., marmonna-t-elle en souriant.

— Alors voilà mon plan : je passerai souvent chez toi et nous sortirons ensemble de temps en temps. Au cinéma, au restaurant... Je pourrai passer ce soir, par exemple. Qu'en dis-tu ?

Au prix d'un gros effort de volonté, elle accepta.

— Excellente idée, Sam.

— Génial !

Le téléphone sonna à cet instant et elle décrocha.

— A ce soir, murmura Sam avant de s'éloigner.

Il referma la porte sans bruit derrière lui, humant une dernière fois le parfum de Meg. Elle était plus ravissante que jamais, aujourd'hui. Son pantalon gris et son chemisier de soie tourterelle mettaient plus que jamais en valeur son teint de rose et ses yeux bleus.

Des yeux qui s'étaient voilés, lorsqu'il lui avait parlé d'Andy. Elle ne l'avait guère écouté, il en était certain. A qui diable pensait-elle, à ce moment-là ? Elle était si séduisante, lorsqu'elle se montrait songeuse. Si le téléphone n'avait pas sonné, il l'aurait embrassée.

Dieu merci, le destin avait veillé à ce qu'il ne commette pas pareille erreur ! Comment pourrait-il travailler avec Meg s'il était incapable de résister à l'attirance qu'il éprouvait pour elle ?

En soupirant, il ôta sa veste, l'accrocha au dossier de son fauteuil, puis le fit pivoter vers la fenêtre. Il laissa son regard balayer le jardin, s'efforçant d'oublier Meg pour se concentrer enfin sur son travail.

Il avait de gros problèmes à régler. Comme Burton le lui avait dit, Mark n'avait guère entretenu l'hôtel, ces dernières années. Le bâtiment possédait un charme indéniable, mais sous l'aspect luxueux du décor, une certaine misère commençait à apparaître. D'ici à un an ou deux, si rien n'était fait, la belle auberge n'existerait plus que par sa splendeur passée...

Il fallait donc faire des travaux. Mais par où commencer ? L'extérieur ? Le toit était neuf et les peintures avaient été refaites l'an passé. Il fallait repaver le parking, mais cela pouvait attendre. Il paraissait plus urgent d'arranger l'éclairage des portes, sur le côté, et d'installer une rampe pour handicapés à la porte principale.

Quant à l'intérieur, la plupart des chambres avaient grand besoin d'être entièrement refaites. Et il fallait aussi moderniser les salles de bains.

Sam pivota de nouveau et prit quelques notes. Puis il passa des coups de téléphone, griffonna des chiffres. Au bout d'une heure, il avait fait une rapide évaluation. Bigre ! La somme à débourser était astronomique !

Il se fit apporter un plateau-déjeuner pour ne pas interrompre son travail et ne bougea pratiquement plus jusqu'à 18 heures.

Sa journée terminée, il s'étira et se rendit compte qu'il mourait de faim. Cette fois, il dînerait dans la salle à manger de l'hôtel. Et ensuite, il se rendrait directement chez Meg.

— Maman ? Tu peux m'aider à faire ce problème ?

Meg retira une tarte du four et la posa sur le comptoir. Puis elle ôta ses gants isolants et s'approcha d'Andy.

— Ah ! C'est de l'algèbre, murmura-t-elle en se penchant sur le cahier de son fils.

Elle tressaillit en voyant les traits qu'il avait gommés avec tant de force que la page en était presque arrachée. Quelle nervosité !

— Qu'est-ce que tu ne comprends pas ? poursuivit-elle.

— Je n'arrive pas à trouver la solution.

— Il faut apprendre les règles, Andy. Tu n'arriveras à rien en algèbre si tu n'apprends pas les bases d'abord.

— D'accord...

Il se remit à écrire et, quelques instants plus tard, poussa un cri de triomphe.

— Ça y est ! j'ai terminé, lança-t-il en fermant son cahier.

— Une petite minute, Andy. Il faut encore apprendre ta leçon ?

— Quoi ? Maintenant ?

— Oui. Je te la ferai réciter avant que tu ailles te coucher.

— Oh, non, maman ! A quoi ça sert, tout ça ?

Avant que Meg ait pu répondre, on frappa à la porte de la cuisine.

— J'y vais ! déclara Andy. C'est sûrement Mike. Il veut me montrer le nouveau jeu qu'il a reçu pour son ordinateur.

Ravi d'abandonner ses devoirs, l'enfant se précipita pour ouvrir la porte. En découvrant son père sur le seuil, il se figea.

— Bonsoir, Sam, dit Meg en s'avançant avec calme. Entre...

Andy devint soudain cramoisi. Il marmonna une phrase incompréhensible, recula et resta planté derrière une chaise tandis que Sam pénétrait dans la pièce. A cet instant, Mike apparut à son tour sur le seuil.

— Bonsoir, Mike, dit Meg. Entre, je t'en prie.

Mike Matlock était le meilleur ami d'Andy depuis l'école maternelle. Plus petit que lui, il était fluet et avait une tignasse rousse aux boucles drues.

— Mike, je te présente M. Grainger, le nouveau propriétaire de l'Auberge du Bord de Mer.

Au rapide coup d'œil que Mike échangea avec son ami, Meg devina qu'il était au courant de leur situation.

— Sam, voici Mike Matlock. Tu connais peut-être ses parents. Ce sont les propriétaires de la Marina.

— Bien sûr. James et moi avons pêché avec eux plusieurs fois. Content de te rencontrer, Mike.

L'enfant serra la main que Sam lui tendait.

— Bonsoir, monsieur Grainger. Papa dit qu'il se rappelle vous avoir emmené sur le Windstar. Et il m'a dit aussi que si je vous voyais, je devais vous rappeler que le bateau était à votre disposition.

— Merci. Voilà une offre intéressante. D'ailleurs, pourquoi n'irions-nous pas pêcher, tous les quatre ?

Andy fronça les sourcils d'un air mécontent et Meg se hâta d'intervenir.

— Formidable ! s'écria-t-elle. Nous irons samedi, s'il fait beau. Pourras-tu demander la permission à ton père, Mike ?

— Bien sûr.

— Maman, je peux aller faire un tour avec Mike ? demanda Andy, pressé de s'échapper.

— Je croyais qu'il devait te montrer un nouveau jeu ?

— On le regardera une autre fois, répondit Andy en se dirigeant vers la porte, Mike sur les talons.

— Andy ! lança Sam d'une voix calme, ta mère voudrait que je déménage tes meubles dans la chambre de ta tante. J'aimerais que tu m'aides, avant de sortir. Comme cela, tu pourras me dire où tu veux ranger tes affaires.

Andy resta un long moment sans répondre, la main sur la poignée de la porte.

Pauvre enfant ! songeait Meg. D'ordinaire, il n'aurait pas hésité à obéir. Mais rester avec son père devait représenter un supplice, pour lui. Il finit par se retourner d'un air crâne.

— D'accord, dit-il en se dirigeant vers la porte du couloir, sans un regard pour Sam. Tu viens, Mike ?

Les deux garçons se glissèrent hors de la pièce. Meg poussa un long soupir, et Sam posa sa main sur son bras.

— Ça va s'arranger, Meg. Il suffit d'être patient.

Elle répondit d'un sourire tendu et attendit qu'il ait quitté la pièce pour s'effondrer sur une chaise. Voir une telle discorde régner entre le fils et le père lui brisait le cœur. Elle les aimait tant, tous les deux !

Et malgré les propos rassurants de Sam, elle doutait qu'ils parviennent un jour à se réconcilier.

⁂

— Où veux-tu la mettre ? demanda Sam.

Mike et lui se tenaient sur le seuil de la chambre de Deirdre, la table d'ordinateur d'Andy entre les mains.

— Près de la fenêtre ? suggéra Sam.

— Oui, à gauche, répondit Andy derrière eux, les bras chargés de son imprimante.

Lorsque tout fut rangé, Sam recula et balaya la pièce du regard.

— Pas mal du tout ! Tu as beaucoup plus d'espace, ici. Qu'allez-vous faire de ton ancienne chambre ?

Le regard d'Andy resta obstinément fixé sur son ordinateur.

— Une chambre d'amis pour Deirdre et James. Tu viens, Mike ? ajouta-t-il.

— Ouais...

Les deux garçons allaient franchir le seuil lorsque Andy hésita. Il pivota et regarda Sam dans les yeux pour la première fois de la soirée.

— Merci, murmura-t-il d'un air gêné.

Sam sentit l'émotion lui nouer la gorge. Son fils paraissait si seul, si malheureux !

— Avec plaisir, répondit-il doucement. A plus tard.

Après leur départ, il revint dans l'ancienne chambre d'Andy et contempla le mur de photographies. Il resta là un long moment, les mains dans les poches, s'émerveillant des succès de son fils depuis son plus jeune âge.

Puis soudain, il se passa la main sur les yeux pour essuyer ses larmes. Bon sang ! Penser qu'il avait grandi ainsi loin de lui, durant toutes ces années, lui faisait mal. Il attendit d'avoir recouvré son calme avant de quitter la pièce.

Dans la cuisine, Meg venait de préparer du chocolat chaud.

— Que faisais-tu, là-haut ? s'enquit-elle en le voyant s'arrêter sur le seuil.

— Je regardais les photographies sur le mur.

Meg eut un sourire triste.

— Le soir de ton arrivée chez Elsa, quand j'ai su que tu viendrais dormir ici, je me suis précipitée pour enlever des photos. Celles où tu pouvais voir qu'il te ressemblait.

— Je me demandais bien ce qui se passait. Mais jamais je n'aurais imaginé la vérité.

Il s'appuya un instant contre la porte.

— J'aimerais voir ces photos, Meg. Et toutes celles que tu as de lui. Je sais que je ne peux pas rattraper le passé, mais je voudrais au moins me faire une idée de ce qu'il était avant aujourd'hui.

— J'ai des tas d'albums. Ils sont dans ma chambre. Je vais t'y conduire. Comme cela, tu pourras les regarder tranquillement pendant que je finis ce que j'ai à faire ici.

Andy ne rentra pas avant 10 heures, espérant que son père serait parti lorsqu'il regagnerait sa maison. Mais en arrivant devant chez lui, il vit la Porsche garée dans l'allée. Il descendit de bicyclette et inspecta la voiture d'un air méfiant. Elle était tout de même rudement belle, se dit-il. Mais jamais il n'avouerait qu'elle lui plaisait !

En partant, Mike avait admiré le véhicule d'un air béat.

— Moi, je préfère les Ferrari, avait dit Andy d'un air dédaigneux.

— Il a l'air chouette, ton père, Andy.

— On voit bien qu'il court pas après ta mère !

En se remémorant cet échange, Andy sentit sa colère revenir. Les lèvres serrées, il regarda la maison. Seule la chambre de sa mère était éclairée. Que se passait-il, là-haut ?

Posant son vélo contre le mur, il s'introduisit en silence dans la cuisine. Un silence total régnait dans la maison, à peine troublé par le tic-tac de l'horloge dans le couloir.

Andy ôta ses chaussures et grimpa l'escalier. Le palier était plongé dans l'obscurité. Mais un rai de lumière filtrait sous la porte de la chambre de sa mère.

Le cœur d'Andy battait à se rompre. Que faisaient-ils, tous les deux ? Il s'approcha de la porte aussi silencieusement qu'un chat. Il entendit un petit rire étouffé. Fou de jalousie, Andy n'y tint plus et ouvrit grand la porte.

— Qu'est-ce que...

Sam leva les yeux de l'album de photos et regarda son fils. Il avait fait intrusion dans la pièce sans crier gare, les poings serrés, les yeux fous. Il était écarlate.

— Où est maman ? demanda le garçon en jetant des regards éperdus autour de lui.

Sam ferma l'album et le posa sur le lit, à côté des autres. Certains étaient encore ouverts, montrant des photos d'Andy qu'il trouvait particulièrement émouvantes. Puis il quitta le vieux rocking-chair et contourna le lit.

— Tu cherches ta mère ? répondit-il avec calme. Elle est chez Elsa. Elle lui a apporté un gâteau, je crois. Que se passe-t-il, Andy ?

Sans répondre, le garçon regarda les albums étalés sur le lit. Il paraissait bouleversé, et il n'était guère difficile de deviner les pensées qui l'agitaient.

— Ta mère m'a amené ici parce que je voulais voir des photos de toi quand tu étais petit.

Andy croisa les bras sur la poitrine en un geste de protection.

— Pour quoi faire ? demanda-t-il d'une voix tremblante.

— Toutes ces années sont perdues, pour moi. Je ne peux que regarder des photos, imaginer ce que ça aurait pu être, de te voir grandir. Ce n'est pas grand-chose, ajouta-t-il avec un sourire amer, mais je n'ai rien d'autre à quoi m'accrocher.

Andy détourna la tête. Mais pas assez vite pour que Sam ne voie pas ses yeux, soudain très brillants.

— Andy...

L'enfant recula.

— J'ai encore des leçons à apprendre, marmonna-t-il d'une voix sourde.

Puis il ferma la porte derrière lui. Quelques instants plus tard, Sam entendit du bruit en bas. Meg devait être rentrée. Il rangea les albums dans la penderie et descendit l'escalier. Meg l'attendait dans le couloir.

— Andy est-il rentré ? s'enquit-elle aussitôt.

— Oui, oui.

— Ah ! Je m'inquiétais.

Sam hésita un instant. Devait-il lui parler de ce qui s'était passé entre eux, ce soir ? Il décida de n'en rien faire. Cela ne ferait que l'inquiéter davantage.

— Je vais me coucher, Meg, dit-il. A demain.

— Sam ? demanda-t-elle alors qu'il s'apprêtait à tourner les talons.

— Oui ?

Meg lui adressa un sourire éblouissant.

— Je serai ravie d'aller à cette partie de pêche, tu sais.

— Moi aussi, répliqua-t-il en lui rendant son sourire. J'espère que samedi nous réserve un temps splendide !

10.

Le lendemain, après quelques coups de tonnerre assourdissants, une pluie diluvienne s'abattit sur la région, et tomba sans discontinuer jusqu'au lundi suivant. A la grande déception de Meg, la partie de pêche dut être annulée.

Le mauvais temps continua pendant les trois semaines qui suivirent. Des rafales de vent arrachaient les feuilles des arbres, et l'océan était secoué d'une houle violente. Meg commençait à désespérer de jamais revoir le soleil.

Les affaires avaient considérablement ralenti, à l'auberge. Cependant, Meg travailla dur pour aider Sam à superviser les travaux qu'il avait entrepris. L'hôtel était plein d'ouvriers qui allaient et venaient un peu partout, posant des moquettes, arrachant les papiers peints...

Les chambres furent terminées le premier lundi d'octobre. En fin d'après-midi, Sam passa la tête par la porte entrouverte du bureau de Meg.

— Tu m'accompagnes pour le grand tour de vérification, avant de rentrer chez toi ? demanda-t-il.

Il portait un pantalon de velours noir et un pull à col roulé de la même couleur. Et ses yeux verts brillaient d'une lueur beaucoup trop dangereuse pour qu'elle se risque à inspecter des chambres avec lui ! Mais pouvait-elle refuser ?

— D'accord, dit-elle en repoussant sa chaise.

Lorsqu'ils atteignirent la dernière pièce, la suite nuptiale, Meg regrettait amèrement sa décision. Elle était tellement troublée qu'elle en avait le vertige. Elle mourait d'envie de nouer ses doigts à ceux de Sam, d'effleurer ses lèvres, de se blottir contre lui...

Par chance, il semblait ne s'intéresser qu'au nouveau décor.

— Alors, qu'en penses-tu ?

Elle parvint à détacher son regard des épaules athlétiques de Sam pour contempler le superbe papier peint fleuri.

— C'est charmant, murmura-t-elle en regardant le grand lit de cuivre doré, avec ses oreillers blancs garnis de dentelle et son couvre-lit de soie blanche.

Quel lit merveilleux pour une nuit de noces ! songea-t-elle. Elle aurait donné n'importe quoi pour s'y laisser tomber avec lui. Elle serra les poings, affolée. Elle devait absolument penser à autre chose !

Elle marcha rapidement jusqu'à la fenêtre. Le vent faisait trembler les vitres. Dans la nuit, on ne voyait que les feux arrière d'une voiture qui s'éloignait. Soudain, elle sentit la présence de Sam derrière elle.

Elle croisa nerveusement les bras sur sa poitrine, comme pour s'empêcher de le toucher.

— Notre partie de pêche est bien compromise, remarqua-t-elle en gardant les yeux rivés sur le lointain.

— La météo annonce du beau temps pour le week-end. Serais-tu d'accord pour organiser ça samedi, si le Windstar est libre ?

Ces dernières semaines, Sam avait passé presque tout son temps libre chez eux. Si Andy se montrait toujours aussi distant, il traitait son père avec une certaine courtoisie.

Meg l'avait surpris, une fois ou deux, en train d'examiner Sam à la dérobée. Il lui avait alors semblé si vulnérable, si fragile, qu'elle avait été émue aux larmes. Andy avait érigé un mur entre Sam et lui pour se protéger, pour éviter d'être de nouveau blessé, comme cela avait été le cas avec Jack.

Au fond de lui, pourtant, il devait avoir désespérément besoin d'un père...

— Meg ?

La voix de Sam ramena Meg à la réalité.

— Oui...

— Seras-tu obligée de menacer Andy pour qu'il vienne ?

— Non, je ne crois pas. Si Mike nous accompagne, cela ne posera aucun problème.

Evidemment, ce n'était pas la réponse qu'il aurait aimé entendre. Meg soupira. Elle ne voulait pas donner de faux espoirs à Sam, et savait qu'Andy leur tiendrait tête autant qu'il le voudrait.

Soudain, elle pivota et le regarda d'un air contrit.

— Sam, il ne se rend pas du tout compte du mal qu'il te fait.

— Je le sais, Meg. Les enfants de cet âge ne pensent pas aux adultes. Il veut être certain qu'il peut compter sur moi avant de m'accepter. Mais il finira par le faire. J'en suis convaincu.

— J'espère que tu dis vrai. Si seulement je pouvais lui faire entendre raison !

— Ce n'est pas en notre pouvoir, pour l'instant, Meg. Nous devons nous contenter de continuer à l'entourer. Un jour, il comprendra qu'il n'a rien à craindre de moi. Je ne le laisserai jamais tomber. Toi non plus, jamais je ne t'abandonnerai.

Il y avait une telle sincérité, dans sa voix ! Soudain, Meg ne put retenir les larmes qui emplissaient ses yeux.

— Je sais. J'ai confiance en toi, Sam.

« Et je t'aime », aurait-elle voulu dire. Mais elle se tut. Il ne voudrait jamais de son amour. Il ne voulait pas d'engagement, pas d'épouse, pas de lien...

En revanche, il mourait d'envie de l'embrasser. Elle sentit son souffle s'accélérer et recula, paniquée. S'il la touchait, elle ne répondait plus de rien.

Mieux valait quitter cette chambre avant de commettre un acte qu'elle regretterait amèrement.

— Il faut que j'y aille, bredouilla-t-elle d'une voix rauque en gagnant la porte. Andy m'attend.

Affolée, elle entendit son pas derrière elle.

— Meg !

Elle continua à marcher.

— Je vais prévenir Andy pour samedi, poursuivit-elle. Dès que tu auras réservé le bateau, naturellement.

Il la rejoignit dans le couloir. Pourvu qu'il ait compris ! songea-t-elle fébrilement. Pourvu qu'il ne cherche pas à flirter avec elle ! Elle se sentait incapable de le repousser.

— Cela te dirait, d'aller boire un verre au *Gourmet*, ce soir ? demanda-t-il.

— Merci, Sam, mais Elsa doit passer voir des photos que Deirdre m'a envoyées.

Un silence pesant se fit entre eux. Meg rougit. Il avait deviné que cette visite n'était qu'un prétexte, et ne dit pas un mot avant d'avoir atteint l'entrée.

— Il vaudrait sans doute mieux que je m'abstienne de venir chez toi avant samedi, dit-il enfin. Cela fera du bien à Andy de ne pas me voir pendant quelques jours. Tu sais ce qu'on dit : la distance renforce les sentiments.

Malgré son ton anodin, Meg n'était pas dupe. Sam se sentait rejeté. D'abord par Andy, maintenant par elle. Seigneur ! Pourquoi fallait-il que leur relation soit si difficile ?

— Oui, je crois que tu as raison, répliqua-t-elle. A samedi, alors...

— A samedi !

Meg referma la porte derrière elle, assaillie de remords. Etait-elle injuste, en privant Sam de l'occasion de voir son fils ? Elle n'avait aucune excuse, sinon sa propre peur. Plus elle voyait Sam, et plus elle l'aimait. Si elle n'y prenait garde, elle finirait par se trahir, et la situation deviendrait intenable ! L'évidence s'imposait. Si elle voulait garder son travail et protéger son enfant, elle devait renoncer à cette passion impossible.

Le soir, Sam téléphona au père de Mike. Après quelques propos anodins, il demanda si le Windstar était libre ce samedi.

— Aucun problème ! dit Dave Matlock. Je suis ravi que vous puissiez profiter du beau temps. A propos, comment ça marche, à l'auberge ?

— Très bien, jusqu'ici. Meg m'a fourni une aide précieuse. Je n'aurais rien pu faire sans elle.

Dave hésita un instant.

— Sam, dois-je croire ce que Mike m'a dit ? Vous seriez le père d'Andy ?

— C'est la vérité, oui.

— Eh bien ! J'aurais juré que c'était une rumeur sans fondement. Une rumeur qui court dans tout Seashore, d'ailleurs. Vous savez comment les bruits se répandent, dans une petite ville.

Dave Matlock était le maire de Seashore. Tout le monde le respectait. Sam décida de tout lui raconter, dans l'espoir qu'il serait capable de rétablir la vérité et de sauver la réputation de Meg.

— Vous rappelez-vous le soir où la télévision avait annoncé la mort d'Alix ? demanda-t-il.

Et il poursuivit son récit jusqu'à la fin, mentionnant même son récent divorce.

— Je me fais du souci pour Meg, maintenant, ajouta-t-il.

— Ne vous inquiétez pas, Sam. J'ai beaucoup d'amis, à Seashore, et je vais faire en sorte que Meg ne fasse l'objet d'aucun commérage. Au fait, comment Andy réagit-il ? J'ai remarqué qu'il n'était plus lui-même, ces derniers temps.

— C'est difficile, pour lui. Mais j'espère qu'il va reprendre le dessus.

— Il a beaucoup souffert à cause de son beau-père. C'est un gosse formidable, vous savez.

— Je le crois aussi, Dave. Merci...

Après avoir raccroché, Sam fit les cent pas dans son bureau. Ainsi, toute la ville savait déjà qu'il était le père d'Andy. Il ne serait guère difficile d'établir qu'il était marié lorsque l'enfant avait été conçu.

Combien de temps faudrait-il pour que les médias s'emparent de la nouvelle et fassent le lien avec le divorce d'Alix, qui était célèbre dans tout le pays ?

Il n'avait plus le choix. Il fallait qu'il l'informe, elle aussi, même si l'idée de lui parler lui répugnait...

Avec un soupir, Sam regagna son fauteuil et décrocha le téléphone.

Meg avait les nerfs à vif. Cette semaine ne finirait-elle donc jamais ? Sam avait changé, depuis le soir où elle avait décliné son invitation au *Gourmet Bar*. Chaque fois qu'elle lui parlait, il semblait distrait. Et même lorsqu'il lui avait annoncé que le Windstar était disponible, il avait eu l'air d'être ailleurs.

Finalement, cette sortie en mer n'était peut-être pas une si bonne idée.

Lorsque arriva le vendredi, l'humeur de Sam n'avait pas changé. Meg décida de mettre les choses au point. Il était inutile de laisser l'hostilité s'installer entre eux.

Mais lorsqu'elle frappa au bureau de Sam, après 18 heures, elle n'obtint aucune réponse. Elle poussa la porte. La pièce était vide.

Elle se rendit à la réception et questionna Katy.

— Je cherche M. Grainger. L'avez-vous vu ?

— Il est allé chercher une pièce pour sa voiture, à Larch Grove. Il m'a demandé de l'appeler sur son téléphone cellulaire si on le demandait.

— Ah ! Bien, merci Katy.

Elle allait partir lorsque Katy la rappela.

— Je vais au cinéma, ce soir. Voulez-vous venir aussi ? C'est une comédie très drôle.

Meg allait refuser quand une subite impulsion lui fit changer d'avis. Pourquoi pas, après tout ? Rire un peu lui ferait du bien. Ensuite, elle passerait à l'auberge pour parler à Sam.

— Eh bien, d'accord, murmura-t-elle.

— Le film commence à 19 heures. Rendez-vous devant le Rialto !

Pourquoi diable Alix ne l'avait-il pas rappelé ?

Sam faisait les cent pas dans son appartement, tel un lion en cage. Mardi soir, son agent lui avait assuré qu'elle rentrait dans les vingt-quatre heures. Sam lui avait demandé de le rappeler de toute urgence. Or on était vendredi soir, à présent, et Alix ne s'était toujours pas manifestée !

Lorsque le téléphone sonna, il sursauta. Enfin ! Il décrocha d'un geste nerveux.

— Sam ? C'est moi, Alix.

— Ah ! Ce n'est pas trop tôt ! Où étais-tu passée ?

— Tu pourrais dire bonsoir avant tout, Sam. Je suis dans un village perdu qui s'appelle... Attends, oui, c'est ça : Larch Grove.

— Comment ?

— J'ai pris un avion jusqu'à Seattle, puis j'ai loué une voiture. Peux-tu m'indiquer la route de l'auberge depuis l'entrée de Seashore ?

⁂

Meg contourna l'auberge en serrant les pans de sa veste sur sa poitrine. La soirée était fraîche, et l'allée qui menait à l'hôtel était plongée dans l'obscurité. Seul un rai de lumière provenait du salon de Sam.

Meg s'avança et, en passant devant la fenêtre du salon, elle tressaillit en entendant une voix de femme. Jamais il ne lui était venu à l'esprit que Sam puisse recevoir quelqu'un. Encore moins une femme...

Elle se mordit la lèvre de dépit, puis sourit. Il devait tout simplement regarder la télévision ! Elle s'approcha, jeta un coup d'œil par la fenêtre, et son sourire s'évanouit sur ses lèvres. Sam n'était pas seul. Il se trouvait bien en compagnie d'une femme, la sienne, en l'occurrence. Livide, Meg regarda Alix Grainger, blottie dans les bras de Sam.

Ses longs cheveux noirs cascadaient voluptueusement sur ses épaules, et elle portait une robe de laine orange qui mettait chaque courbe de son corps en valeur. Meg se rejeta brutalement en arrière. Elle en avait assez vu comme ça !

Meg frissonna de la tête aux pieds. Il fallait qu'elle trouve le courage de partir. Si seulement ses jambes n'étaient pas devenues de plomb ! Soudain, des bribes de conversation lui parvinrent, et elle tendit l'oreille :

« Nous avons rompu parce que nous n'avions pas d'enfant, mais maintenant que tu as un fils, chéri, tout est différent ! Il me tarde de le rencontrer. Nous formerons une famille parfaite... »

Meg retint un cri d'horreur. Elle s'adossa au mur, prise de vertige, puis trouva la force de rentrer chez elle. Mais, en proie à une angoisse indicible, elle ne ferma pas l'œil de la nuit.

— Tu n'aurais jamais dû venir, Alix.

Irrité, Sam regarda son ex-femme déambuler nonchalamment dans le salon, tout en jouant avec ses longs cheveux noirs.

— Le fait que j'ai un fils ne change rien à notre histoire.

— C'est ce que je vois, dit-elle en pivotant brusquement vers lui.

Elle eut un rire amer et s'arrêta devant le canapé.

— Mais lorsque mon agent m'a finalement retrouvée dans le bungalow de Loïs et m'a laissé ton message, j'ai cru que tu voulais reprendre notre relation. D'autant que quelques minutes plus tôt, cinq journalistes s'étaient présentés pour m'interroger sur le fils de douze ans que tu avais eu avec une autre femme !

— Tu as fait des conclusions trop hâtives, Alix. Je voulais simplement te prévenir. Apparemment, je l'ai fait trop tard.

Sam se dirigea vers le bar aménagé dans un coin de la pièce.

— Je crois que nous avons besoin d'un verre, toi et moi. Que prendras-tu ? Comme d'habitude ?

Alix eut un sourire aguichant.

— Comme tu ne me laisserais pas boire et conduire, j'en déduis que tu ne me mets pas à la porte tout de suite ?

Sans répliquer, Sam versa du whisky dans deux verres et en tendit un à Alix.

— A l'amitié, déclara celle-ci en levant son verre.

Sam n'était pas dupe. Malgré son ton ironique, Alix était déçue, et il avait aussi perçu du regret, dans sa voix. Il s'immobilisa, songeur. Leur mariage s'était si mal terminé que pour lui, aucun retour en arrière n'était possible. Alix n'avait jamais exprimé le moindre remords pour ce qu'elle avait fait. Etait-il possible qu'elle regrette, maintenant ?

Il la dévisagea. Non, il avait dû rêver ! Alix lui souriait avec assurance.

— A l'amitié, murmura-t-il en cognant légèrement son verre au sien.

Alix avala son whisky d'un trait et lui jeta un regard de défi.

— Tu n'as pas changé, dit Sam.

Elle se laissa tomber dans un fauteuil et lui tendit de nouveau son verre.

— La même chose..., murmura-t-elle en croisant ses longues jambes.

Sam aperçut un peu de dentelle noire, sous sa robe courte. Alix était vraiment très sexy, songea-t-il avec une froideur qui l'étonna. Puis, aussitôt, une autre image s'imposa à son esprit : celle de Meg, sagement assise sur un canapé, et tendant sa tasse de café à Elsa. Meg et son sourire adorable...

— Sam ?

Alix le dévisageait d'un air perplexe.

— Pardon, dit-il en prenant le verre de la jeune femme pour le remplir.

Elle continua à l'observer avec intensité. Sam se sentit mal à l'aise. Elle semblait fouiller jusqu'au fond de son âme !

— Il y a quelqu'un d'autre, murmura-t-elle lentement. C'est ça ?

Il demeura impassible.

— Seigneur ! Tu es amoureux ! Qui est-ce, Sam ? demanda Alix en avalant son whisky d'un trait. La mère de ton fils ?

Lui ? Amoureux de Meg ? Sam fronça les sourcils. Certainement pas ! Il s'était bien juré de ne plus tomber dans le piège de l'amour.

— Oui, tu es amoureux, insista Alix. Et tu ne le sais même pas toi-même...

Très pâle, Alix se leva brusquement.

— Les hommes sont tellement bêtes ! ajouta-t-elle en posant son verre sur le manteau de la cheminée.

Elle resta un moment immobile, tournant le dos à Sam. Comme elle lui parut fragile, tout à coup ! Mais cela ne dura qu'un instant. Elle se redressa et lissa ses longs cheveux d'un geste las.

— Je suis fatiguée, Sam. La journée a été rude. Peux-tu me donner une chambre pour la nuit ? Je m'en irai tôt demain matin. Je ne te dérangerai plus.

— Prends ma chambre, moi je dormirai ici, ajouta-t-il en désignant le canapé.

— Non, répliqua-t-elle avec froideur. Conduis-moi à la réception, s'il te plaît.

Elle avait raison. C'était la meilleure solution. Sam l'accompagna à la réception, lui fit donner une clé et la suivit jusqu'au deuxième étage. Lorsqu'ils arrivèrent devant sa chambre, Alix ouvrit la porte et se tourna vers lui.

— Quittons-nous ici, Sam.

— Alix...

Elle posa la main sur son bras pour l'interrompre.

— Nous n'étions pas faits l'un pour l'autre, Sam. Tu rêves d'une famille et moi d'aventures. Nous avons été attirés par nos différences, mais finalement, elles nous ont séparés. Ne la laisse pas partir, Sam. Si tu as trouvé l'amour, garde-le. Ce qui s'est passé entre nous ne doit pas gâcher le reste de ta vie.

Le samedi matin, le léger brouillard qui recouvrait l'océan se leva vers 10 heures. Lorsque Meg et Andy arrivèrent à la marina, la mer scintillait sous le soleil. Mais cela ne sembla pas égayer Andy, qui était d'humeur maussade.

— Ça va pas être marrant, sans Mike, grommela-t-il en suivant Meg sur la jetée.

— Je suis désolée qu'il n'ait pas vu venir, dit Meg en ôtant sa chemise pour la nouer autour de sa taille.

Elle arrangea son T-shirt rose dans son short et se tourna vers son fils.

— Il doit être bien triste d'être malade, tu sais, ajouta-t-elle.

— J'aurais pu rester chez lui. Pourquoi t'as pas voulu ? protesta le garçon en fixant d'un air morose le Windstar, qui dansait sur la crête des vagues.

Meg vit Sam sauter du bateau pour venir à leur rencontre, et son cœur battit la chamade. Dieu merci, Alix ne les accompagnerait pas ! Elle poussa un soupir de soulagement. Jamais elle n'aurait eu la force de rester sereine en sa présence !

— Pourquoi on ne pouvait pas faire quelque chose tous les deux ? insista Andy. Sans lui !

Sam, vêtu d'un jean et d'une chemise beige, avançait vers eux en souriant.

— Bonjour ! lança-t-il. Nous avons de la chance. Il fait un temps vraiment magnifique. Désolé pour Mike, Andy. Il faudra organiser une autre sortie avec lui quand il ira mieux.

Il sourit intensément à Meg. Pourquoi ? se demanda-t-elle avec amertume. Pour lui signifier son triomphe ? Parce qu'il avait passé la nuit dans les bras d'Alix ?

— Tu as l'air fatigué, remarqua-t-il, d'un air soudain inquiet. Ça ne va pas ?

— Si, ça va très bien, répondit-elle d'un ton léger. J'ai veillé tard, hier.

Il la prit par le bras et l'entraîna vers la jetée.

— Le grand air va te donner meilleure mine, dit-il.

Si seulement elle pouvait se contenter de ce remède ! songea-t-elle en grimpant à bord du bateau. Mais existait-il un remède contre la passion ? Et comment faire mourir ce qui avait toujours existé dans son cœur ?

Le voilier fendait l'écume des vagues à bonne allure. Assis sur le pont, Sam se reposait au soleil. Et il s'offrait surtout le plaisir de regarder Meg, qui avait pris son tour au gouvernail.

Même vêtue d'un simple short et d'un T-shirt, elle était d'une élégance racée. Sa silhouette élancée possédait une grâce incomparable et chacun de ses mouvements dénotait une sensualité charmante. La regarder était aussi merveilleux que de contempler un champ de blé au soleil ou le sourire d'un enfant heureux.

Le regard de Sam se posa ensuite sur Andy. Son fils faisait la tête, à l'évidence. Il gardait les yeux rivés sur l'océan, les lèvres serrées dans une moue farouche.

— Andy ! appela Sam. Tu veux bien rouler cette corde comme je te l'ai montré, tout à l'heure ?

Du doigt, il désigna un épais cordage lâché sous une mâture.

— Ouais... Plus tard.

Sam n'insista pas, puis rejoignit Meg et posa la main sur l'épaule nue de la jeune femme. Elle était brûlante.

— As-tu mis de la crème solaire ? s'enquit-il.

— Bien sûr. J'ai aussi apporté une chemise. Je ne vais pas tarder à la passer, d'ailleurs.

Elle avait tressailli à son contact, mais sans le repousser. Il ne bougea pas la main, heureux de sentir la peau soyeuse sous ses doigts. Puis il glissa lentement vers le cou de la jeune femme. Elle se tourna vers lui, une étrange lueur dans les yeux.

— Il aurait peut-être mieux valu laisser Andy à terre, murmura-t-il.

— J'ai dû insister pour qu'il vienne. En arrivant, il m'a demandé pourquoi nous ne passions pas la journée tous les deux.

— Je comprends..., dit Sam en caressant doucement la nuque de la jeune femme.

Il entendit son souffle s'accélérer. Eprouvait-elle le même désir que lui ? Bon sang ! Depuis qu'il l'avait vue entrer chez Elsa dans son ensemble noir, l'envie de la tenir dans ses bras ne l'avait pas quitté.

Mais aujourd'hui, il savait qu'il y avait autre chose,

entre eux. Ce qu'Alix lui avait dit, la veille, lui avait ouvert les yeux, et il avait réfléchi. Depuis son retour à Seashore, il se mentait à lui-même. La vérité était bien trop dérangeante, pour qu'il accepte de la voir sans résister.

Car il était bel et bien tombé amoureux de Meg. Amoureux fou. Seulement, elle avait été trop blessée par le passé pour vouloir s'engager de nouveau. Comment la reconquérir ? Comment lui redonner confiance ?

— Meg, je voudrais t'inviter à dîner, ce soir, dit-il. Il faut que je te parle.

Elle tourna la tête, et ne vit pas son expression. Mais il l'avait sentie se raidir. Allait-elle le rejeter une nouvelle fois ? Il retint son souffle. Tant pis. Il était prêt à tout pour la convaincre de son amour, même à tomber à ses genoux !

Meg pivota brusquement et le fixa droit dans les yeux.

— Entendu, Sam, déclara-t-elle d'une voix calme. Je dînerai avec toi ce soir.

11.

Lorsque Sam sortit trois cannes à pêche de la cabine du bateau, Meg en prit une sans rechigner. Malheureusement, le poisson ne semblait pas au rendez-vous. Au bout d'une heure, elle suggéra en riant d'ouvrir une boîte de conserve. Et, à cet instant précis, Andy attrapa un superbe saumon.

Le garçon était si content qu'il en oublia de bouder pendant quelques minutes. Puis il reprit sa mine renfrognée. Meg brûlait de l'envie de le gronder, mais se retint.

— Je vais le nettoyer, dit-elle en prenant le saumon.

En descendant le petit escalier menant dans la cuisine, elle entendit Sam parler à son fils.

— On essaye d'en prendre un autre pour les Matlock ?

— Pas envie... Quand est-ce qu'on rentre ?

— Plus tard, répondit Sam d'une voix calme. Une fois que ta mère aura vidé le poisson, je le ferai griller et nous le mangerons. Ensuite, nous rentrerons au port.

En gagnant la cabine, Meg songea que cette sortie en mer était une erreur. Andy ne faisait même plus l'effort de cacher son hostilité, maintenant. Il fallait lui parler le plus tôt possible...

Elle finissait de nettoyer le poisson lorsqu'elle entendit le pas de Sam sur les marches.

— Le cuisinier prend la relève ! lança-t-il gaiement. Tu peux te reposer, maintenant.

Meg voulut sortir, mais se retrouva coincée dans l'étroit passage entre l'évier et la cloison, face à Sam.

— Il faut que je parle à Andy, murmura-t-elle, embarrassée.

— A quel propos ?

— Il se montre grossier envers toi. Je ne le supporte pas.

Elle baissa les yeux, luttant contre le trouble qui l'envahissait. Aucun homme ne l'avait jamais attirée autant.

— Je refuse qu'il te traite comme un coupable, ajouta-t-elle. Si quelqu'un a des torts dans cette histoire, c'est moi. J'aurais dû t'informer plus tôt.

— Tu te trompes, Meg. Andy sait que tu as agi avec les meilleures intentions du monde. Ce qu'il refuse, maintenant, c'est de te partager avec moi. Il t'a eue pour lui tout seul toute sa vie, et il ne veut pas que cela change. Mais je te sens malheureuse, et je dois t'avouer que cela me fait de la peine...

« Je le serais moins, si je n'avais pas vu Alix dans tes bras, hier », songea Meg.

— Je sais bien que je ne peux pas le forcer à éprouver de l'affection pour toi, dit-elle. Mais je peux exiger du respect. C'est la moindre des choses.

— D'accord. Veux-tu que je t'accompagne ?

— Non, merci.

Il décrocha la chemise de la jeune femme et la lui tendit.

— Mets ça, Meg. Je ne veux pas que tu attrapes un coup de soleil.

Il paraissait sincèrement inquiet. Pour un peu, elle l'aurait cru amoureux d'elle. Quelle ironie ! Il était trop tard, pour eux, même si elle avait renoncé à tout pour lui.

— Merci, murmura-t-elle en se précipitant dans l'escalier.

A aucun prix, elle ne voulait qu'il la voie pleurer. Andy non plus, ne devait rien voir. Pour se calmer, Meg se réfugia sur le pont avant.

⁂

Pas de doute, aucun adolescent n'était plus monstrueux que lui ! En proie à une violente émotion, Andy contempla les vagues sans les voir. Jamais encore il n'avait éprouvé autant de dégoût pour lui-même. Si seulement il n'avait pas écouté aux portes !

Il s'était approché de l'escalier menant à la cabine, et avait tout entendu. A cause de lui, sa mère était malheureuse. A cause de son égoïsme et parce que — Sam avait dit vrai — il voulait la garder pour lui tout seul.

D'un geste rageur, il s'essuya les yeux. Il avait été si furieux contre ce père qui débarquait soudainement dans sa vie qu'il n'avait même pas pris conscience de ce qu'il infligeait à sa mère. Pourtant, pour rien au monde il ne voulait la faire souffrir !

Il se raidit en voyant Meg sortir de l'escalier, sa chemise à la main. Elle se défit de son gilet de sauvetage, la tête baissée. Andy se préparait à subir ses foudres mais, à sa grande surprise, Meg posa son gilet de sauvetage sur le banc et passa devant lui sans le voir. Ses joues ruisselaient de larmes. Andy la regarda quelques instants, muet de stupeur.

Puis il s'avança. Elle luttait contre le vent pour enfiler les manches de sa chemise.

— Qu'est-ce que tu as, maman ?

A cet instant, le voilier pencha sur le côté. Meg chercha à s'agripper à la rambarde mais avant qu'elle ait pu l'attraper, elle trébucha sur une corde que Sam avait demandé plusieurs fois à Andy de ranger.

Meg fit un vol plané et retomba lourdement sur le pont. Horrifié, Andy entendit le bruit sourd que fit la tête de sa mère en heurtant un taquet.

— Maman ! hurla-t-il.

Le fracas d'une vague étouffa son cri. Il vit sa mère se relever et se mettre lentement à genoux. Puis une nouvelle vague souleva le bateau, et Meg glissa sous la rambarde comme une poupée de chiffon.

Pendant une fraction de seconde, Andy demeura paralysé. Puis il bondit comme un fou, s'empara de la perche de sauvetage et la lança vers sa mère.

Il vit son corps soulevé par la houle.

— Papa ! hurla-t-il. Viens vite ! Maman est tombée à l'eau !

Les sourcils froncés, Sam surveillait le saumon sur le grill. Comment Meg s'en sortait-elle, avec Andy ? Allait-il la traiter avec son habituelle froideur, lorsqu'elle exigerait qu'il traite son père avec respect ? Son fils avait-il tant de rancœur qu'il refuserait de s'ouvrir à ceux qui l'aimaient ?

Sam luttait contre son chagrin. Cela le rongeait, de voir que le fils qu'il avait tant désiré le repousse si violemment. D'autant que dans sa jeunesse, il avait lui-même souffert de la froideur de son propre père...

Soudain, il entendit le cri perçant de son fils. Son cœur se figea dans sa poitrine. D'un geste vif, il éteignit le grill et grimpa sur le pont à la vitesse de l'éclair. Meg n'y était pas.

Puis il aperçut le gilet de sauvetage sur le banc. Mon Dieu ! songea-t-il en se débarrassant de ses tennis. Pourvu qu'il ne soit pas trop tard !

— Où est-elle ? cria-t-il.

Andy pointa le doigt vers le large et Sam aperçut la perche, avec son drapeau orange. Aucun signe de Meg. Andy hurlait que c'était sa faute, et parlait de la corde qu'il n'avais pas roulée.

Sam plongea sans perdre une seconde, et fonça droit vers la perche. Soudain, il aperçut la tête blonde de Meg. Il continua à nager, luttant contre la panique qui l'envahissait en voyant Meg disparaître sous l'écume.

La houle était puissante, et chaque brassée était un combat au corps à corps contre les éléments. Enfin, Meg réapparut, à moins d'un mètre de lui. Il réussit à l'attraper alors qu'elle plongeait de nouveau.

Elle était inconsciente, et son front fendu par une vilaine plaie.

— Mon Dieu, murmura-t-il. Accroche-toi, Meg...

Il repartit en direction du bateau. Mais Meg était un poids mort sous son bras, et il lui fallut de longues, d'interminables minutes pour regagner le voilier. Pâle et terrifié, Andy l'aida à monter le corps inerte à bord.

— Passe un message radio pour demander une ambulance ! ordonna Sam à Andy en se penchant vers Meg. Démarre le moteur et fonce vers le port.

Sans plus attendre, il fit du bouche-à-bouche à Meg. Ses lèvres étaient glacées.

Il n'y avait pas d'hôpital, à Seashore. L'établissement le plus proche se trouvait à Larch Grove. Lorsque l'ambulance s'arrêta devant l'entrée des urgences, la Porsche de Sam s'y gara aussi. Les brancardiers emmenèrent Meg en un temps record.

Sam et Andy eurent beau insister pour accompagner la jeune femme, ils furent refoulés dans la salle d'attente dès que Sam eut donné les détails de l'accident. Elle n'avait pas repris connaissance et la blessure sur son front avait enflé.

Avec ses quatre chaises bon marché et sa table basse couverte de vieux magazines, la salle d'attente n'était guère hospitalière, mais Andy s'assit sans un mot et se plongea dans la lecture d'un magazine.

Sam, lui, faisait les cent pas dans le couloir. Sur le chemin de l'hôpital, il avait essayé de parler à Andy, de le rassurer. Mais les mots ne voulaient pas franchir ses lèvres. Il avait bien trop peur lui-même pour rassurer son fils. S'il parlait, il risquait de se mettre à pleurer. Ce serait bien pire, pour l'enfant, de voir son père perdre tout contrôle !

D'ailleurs, Andy n'avait pas dit un mot non plus. A tel point que Sam se demanda s'il l'avait bien entendu l'appeler « papa », tout à l'heure...

Andy ne comprenait pas un mot de ce qu'il lisait. Son estomac se serrait à lui faire mal et il luttait contre la nausée.

Si sa mère ne s'en sortait pas, jamais il ne se le pardonnerait ! Car tout était sa faute. Depuis de longues semaines, il se montrait égoïste, et injuste à l'égard de Sam.

Aujourd'hui, ce dernier ne lui avait demandé qu'une seule chose, ces derniers temps : ranger la corde sur le pont. Et il avait délibérément ignoré sa prière. Il était responsable de la chute de sa mère ! Pas étonnant que son père le déteste, à présent. Il le haïssait tellement qu'il ne voulait même plus lui parler. Si sa mère était sauvée, elle ne voudrait probablement jamais lui parler non plus.

C'était sa faute. A lui seul... A plusieurs reprises, il voulut se lever et présenter ses excuses à son père, mais il ne bougea pas. Sa gorge le brûlait. S'il prononçait le moindre mot, il éclaterait en sanglots. Pour qui son père le prendrait-il, s'il le voyait pleurer comme un enfant ?

Alors, il avait pris ce magazine et avait feint de se plonger dans la lecture. Soudain, il s'aperçut qu'il tenait le magazine à l'envers. Son père l'avait-il remarqué ? Il leva brusquement les yeux et vit Sam adossé au chambranle de la porte, la tête baissée.

Soudain, Sam aperçut un médecin qui s'avançait dans le couloir. Il se redressa aussitôt et attendit qu'il arrive à sa hauteur. Le médecin s'arrêta devant lui.

— Vous êtes M. Stafford ? s'enquit-il.

Sam regarda les yeux bruns, impassibles, qui le fixaient derrière des lunettes à monture dorée.

— Non, je m'appelle Sam Grainger. Je suis un ami de Meg. Et voici Andy, notre fils. Comment va-t-elle ?

— Les radios du crâne ne montrent aucune trace de fracture. Mais elle a subi une commotion et j'ai dû faire quelques points sur son front.

— Elle va s'en sortir, docteur ?

— Je le crois. Mais il faut être prudent. Elle vient seulement de reprendre conscience.

— Dieu soit loué !

— Elle est encore en état de choc. Nous la gardons en observation cette nuit. Il lui faut un repos absolu.

— Pouvons-nous la voir ?

— L'un de vous seulement. Et pas plus d'une minute. Demain, si tout va bien, elle pourra rentrer chez elle.

Sam ferma un instant les yeux. Meg était sauvée ! Il remercia silencieusement le ciel et poussa un profond soupir de soulagement. Puis il se tourna vers Andy.

— Va voir ta mère, fiston.

A sa grande surprise, il vit les yeux de son fils se remplir de larmes.

— Non, allez-y, c'est vous qu'elle voudra voir, murmura-t-il. .

Puis il se détourna, les épaules secouées de sanglots.

— C'est ma faute...

Sam posa les mains sur les épaules de l'enfant et l'obligea à se tourner vers lui. Le souffle lui manqua lorsqu'il vit le chagrin sur les traits d'Andy.

— Ta mère t'aime plus que tout au monde, Andy. Vas-y et dis-lui combien tu l'aimes, toi aussi. Cela lui fera plus de bien que tous les médicaments.

Les larmes roulaient sur les joues du garçon sans qu'il cherche à les cacher. Soudain, il s'avança vers son père et noua les bras autour de lui.

— Je suis désolé, papa. Pour tout.

Bouleversé, Sam serra son fils contre lui.

— Je sais, dit-il. Ne t'en fais pas. Tout va bien se passer, maintenant.

La voix résignée du médecin se fit entendre derrière eux.

— C'est bon, vous pouvez y aller tous les deux. Mais un à la fois seulement.

Sam poussa doucement Andy vers le médecin.

— A toi, fiston. Fais ce que je t'ai dit.

Andy sourit à travers ses larmes, puis s'essuya les yeux du revers de sa manche.

— D'accord. Merci, papa. Je dirai à maman que tu viens tout de suite après.

Quel horrible mal de tête ! Meg avait l'impression qu'on l'avait jetée contre un mur et qu'elle s'était cassé tous les os du crâne. Les yeux clos, elle tenta de se rappeler ce qui s'était passé. Elle se revoyait dans la cuisine du bateau, disant à Sam qu'elle allait parler à Andy. D'après l'infirmière, elle s'était cogné la tête puis était tombée par-dessus bord. Sam l'avait sauvée. Mais elle n'en gardait aucun souvenir.

— Maman ?

Elle ouvrit les yeux. Andy se tenait devant elle, les joues humides de larmes. Mon Dieu ! songea-t-elle, bouleversée, cela faisait des années qu'elle n'avait pas vu son fils pleurer ! Elle se redressa sur un coude et, en dépit de la douleur fulgurante que son mouvement déclencha, elle lui tendit la main. Il se pendit à son cou. Lorsqu'elle se laissa retomber sur l'oreiller, elle était sans force.

— Je regrette, maman. Je te demande pardon. Je me suis vraiment mal conduit. Et pour l'accident aussi, je te demande pardon. J'aurais dû ranger la corde...

— Quelle corde, Andy ?

— Je ne l'ai pas rangée, comme papa me l'avait demandé. Tu as trébuché dessus et puis une grosse vague t'a fait passer par-dessus bord.

— Chéri, nous faisons tous des erreurs. Je ne t'en veux pas. Tu vas bien, maintenant ?

Il acquiesça et lutta pour recouvrer son calme.

— Le docteur a dit de pas rester trop longtemps.

— Où est ton père ?

Les larmes qu'il cherchait à retenir coulèrent de nouveau sur ses joues.

— Je voulais que papa vienne en premier, mais il n'a pas voulu. Je vais le chercher. Repose-toi, maman, ajouta-t-il avant de déposer un baiser sur sa joue.

Meg sentit l'odeur de la mer sur sa peau.

— Je t'aime, maman.

— Moi aussi, je t'aime, mon poussin.

Après son départ, Meg ferma les yeux. « Papa », avait-il dit. Ce mot était lourd de sens. Ainsi, Sam et lui s'étaient réconciliés. Comment, elle l'ignorait, mais cela la rendait infiniment heureuse.

— Meg...

Sam se tenait dans l'encadrement de la porte. Il était très pâle et ses yeux étaient cernés de gris. Meg cilla des paupières. Avait-il souffert durant l'accident, lui aussi ? La gorge nouée, elle le regarda prendre une chaise et s'avancer vers le lit.

Puis il s'assit et prit ses mains dans les siennes. Ses doigts étaient chauds, fermes.

— Comment te sens-tu ?

Les paupières lourdes, elle commençait à sentir l'effet du sédatif.

— Un peu groggy...

Mais quel que soit son état, elle ne se lasserait jamais de le regarder, songea-t-elle, émerveillée. Elle laissa glisser son regard sur sa chemise encore humide et froissée, ses cheveux ébouriffés, ses traits tirés. Comme elle l'aimait...

— Sam, tu veux bien t'occuper d'Andy pendant mon absence ? murmura-t-elle d'une voix faible.

— Bien sûr, répondit Sam avant de se pencher vers elle et d'effleurer ses lèvres d'un baiser très tendre. Nous reviendrons demain.

Elle aurait voulu lui dire au revoir mais déjà, elle se sentait trop loin. De lui, de tout. Cependant, juste avant de sombrer dans le sommeil, il lui sembla entendre la voix de Sam, qui murmurait :

— Je t'aime, Meg...

12.

— Je vais très bien, je vous assure !

Meg regarda Andy et Sam en souriant. Depuis qu'ils avaient quitté l'hôpital, une heure auparavant, ils ne l'avaient pas laissée en paix une seule seconde. Ils l'avaient installée sur le canapé du salon, avaient arrangé son oreiller, ses coussins, le plaid qui recouvrait ses jambes. Puis elle s'était vu proposer de l'eau, du jus de fruits, du thé, du café, des bonbons...

— Je ne suis pas une invalide, vous savez ! Demain, je reprends le travail.

— Pas question ! protesta Andy d'un air grave. Papa a dit que tu devais te reposer toute la semaine.

Meg fit une grimace éloquente. Comme c'était agréable, de se faire dorloter de la sorte ! Mais elle se sentait parfaitement capable de travailler, et personne ne l'en empêcherait !

Le téléphone sonna dans la cuisine.

— J'y vais ! claironna Andy. C'est sûrement Mike.

Il sortit en fermant la porte derrière lui. Pour la première fois depuis la veille, Meg se retrouvait seule avec Sam. Elle lui adressa un sourire timide.

— Andy et moi sommes allés nous promener sur la plage, ce matin, annonça-t-il en s'asseyant sur la chaise près du canapé. Et nous avons parlé.

— Je suis si heureuse que vous vous entendiez bien,

maintenant. Mon accident aura finalement servi à quelque chose !

— Ce garçon veut une vraie famille, Meg. Un vrai foyer, avec deux parents.

Meg sentit la terreur l'envahir. Ce qu'elle redoutait tant allait donc arriver... Elle retint son souffle.

— Et moi aussi, Meg.

Alix avait gagné. Elle avait reconquis son mari, l'avait persuadé de prendre Andy avec eux ! Meg serra les poings. Jusqu'à cette seconde, elle avait encore espéré, en dépit de tout. Maintenant, il lui fallait faire preuve de courage. De beaucoup de courage...

Andy et elle ne s'étaient pas quittés depuis douze ans. Mais, à son âge, il avait plus que jamais besoin d'un père. Depuis plusieurs semaines, elle s'était préparée à se séparer de lui de temps en temps, pour qu'il puisse voir Sam.

Mais elle n'avait pas envisagé que son fils ferait partie d'une nouvelle famille, avec une belle-mère. Inévitablement, au fil des années, Andy s'éloignerait d'elle. Elle resterait seule, vieillirait seule...

— Andy a dormi à l'auberge, hier soir, reprit Sam.

Meg se raidit. Andy serait déchiré, et il refuserait de choisir, au début. Mais il serait forcément attiré par ce nouveau foyer, par la nouvelle vie que lui proposeraient Sam et Alix.

Andy l'avait-il rencontrée ? Si c'était le cas, il avait dû être fasciné par sa personnalité. Sa mère lui paraîtrait bien terne, en comparaison. Meg lutta contre les larmes qui lui montaient aux yeux.

— Merci de t'être occupé de lui, Sam, murmura-t-elle.

— Eh bien, je veux m'occuper de vous deux, Meg. Accepterais-tu de venir vivre à l'auberge, toi aussi ?

Elle le dévisagea avec stupeur.

— Mais c'est ici que je vis, Sam ! C'est ma maison.

Croyait-il qu'elle allait la vendre et habiter à l'auberge avec le personnel ? Deborah avait un appartement de fonction qui, pour l'instant, restait inoccupé. Sam voulait-elle qu'elle y emménage, pour qu'elle soit plus près d'Andy?

Une douleur lui martela les tempes, et elle porta la main au bandage qui entourait son front. Sam étouffa un juron.

— Je suis désolé, Meg! Je devrais te laisser te reposer. Je vais retourner à l'auberge pour une heure ou deux. J'ai des choses à y faire.

Avec Alix, sans doute..., songea Meg. Sam ignorait qu'elle avait vu son ex-femme à l'auberge. Devait-elle avouer qu'elle les avait surpris dans les bras l'un de l'autre?

Andy ouvrit doucement la porte de la pièce.

— Maman? Est-ce que je peux aller chez Mike?

— Tu iras une autre fois, objecta Sam. Je dois aller à l'auberge et j'aurais besoin que tu veilles sur ta mère.

Meg s'attendait à une protestation mais, à sa grande surprise, Andy acquiesça immédiatement.

— Pas de problème. Je peux juste aller chercher quelque chose chez lui? Il doit me prêter un jeu.

— File...

Andy remercia son père d'un grand sourire et referma la porte derrière lui.

— Au fait, Meg, je n'ai peut-être pas été très clair, tout à l'heure, reprit Sam. Quand je t'ai demandé de venir vivre à l'auberge, je voulais dire... avec moi. Je veux t'épouser, Meg.

Et, sans ajouter un mot, il quitta la pièce, laissant la jeune femme dans la plus totale confusion.

D'une main sûre, Sam battait les œufs en omelette. Mais son esprit vagabondait. En fait, il n'arrivait pas à croire à ce qu'il venait de faire. Il avait bel et bien proposé à Meg de l'épouser, et il avait fui sans attendre sa réponse!

Il eut un petit rire amer. Quel lâche il faisait! Il n'avait pas eu le courage de voir l'expression qui se peignait sur son visage. Déjà, elle avait paru stupéfaite, lorsqu'il lui avait suggéré de vivre à l'auberge. Elle n'avait aucune envie de changer ses habitudes de célibataire, c'était évident !

Comment avait-il pu penser une seule seconde qu'elle accepterait de...

— Sam ?

Il lâcha la fourchette, qui tomba sur le carrelage avec un bruit métallique pendant qu'il pivotait vers la porte. Meg se tenait sur le seuil, livide. Elle s'agrippait en tremblant à la poignée.

— Meg ! s'exclama-t-il en s'avançant vers elle. Il faut que tu restes couchée, chérie ! Je vais te ramener...

Elle l'interrompit en posant la main sur son torse.

— Sam, balbutia-t-elle. J'ai dû mal entendre ce que tu as dit, tout à l'heure.

— Non, Meg. Tu as bien entendu.

— Tu veux m'épouser ?

— Oui.

— Mais... et Alix ?

Il la regarda sans comprendre.

— Alix ? Mais nous sommes divorcés !

— Sam, il faut que je t'avoue quelque chose. Je suis passée te voir à l'auberge, vendredi soir. Je voulais savoir pourquoi tu t'étais montré si distant, toute la semaine. En arrivant devant la fenêtre de ton salon, je t'ai aperçu avec Alix. Vous étiez... dans les bras l'un de l'autre.

Comme il faisait mine de parler, elle l'interrompit d'un geste.

— Avant de partir, je l'ai entendue dire qu'il n'y avait plus d'obstacle à ce que vous reviviez ensemble, maintenant que tu avais un fils...

Bouleversé, Sam posa tendrement la main sur la bouche de la jeune femme pour l'empêcher de continuer.

— Si tu étais restée quelques secondes de plus, tu aurais entendu ma réponse, Meg. Tout est fini entre Alix et moi. Elle est repartie pour Portland.

Meg se sentit défaillir. Se réveillait-elle d'un long cauchemar ?

Sam l'interrogeait du regard. Il avait besoin de savoir si elle le croyait, si elle avait confiance en lui.

— Tu m'entends, Meg ?

— Oui, murmura-t-elle.

— Veux-tu m'épouser, Meg chérie ?

La gorge serrée par l'émotion, elle le dévisagea quelques instants sans répondre.

— Est-ce qu'il s'agit d'un mariage de convenance ? A cause d'Andy ?

Elle croyait qu'il l'épousait par devoir. Pour donner son nom à son fils, respecter les conventions, et entretenir une relation platonique ! Il ne put s'empêcher de sourire. Ce n'était certes pas ainsi qu'il envisageait leur union ! Peut-être parviendrait-il à conquérir son amour, avec le temps.

— Si c'est ce que tu désires, Meg...

— Non, Sam. Ça ne marcherait pas, répondit-elle, les yeux pleins de larmes.

Elle chancela. Cette fois, Sam n'hésita plus. Il la prit dans ses bras et la porta vers le salon.

— Il faut que tu t'allonges, dit-il. Nous parlerons de tout cela plus tard.

Elle posa la tête sur l'épaule de Sam.

— C'est inutile. Même quand je me sentirai mieux, cela ne changera rien à mes sentiments.

Sam s'arrêta pour la regarder, et, à son grand désarroi, il s'aperçut qu'elle pleurait.

— Meg, quels sont tes sentiments ? demanda-t-il d'une voix douce.

Elle hésita. Saurait-elle trouver les mots pour le rejeter sans le blesser ? Non, mieux valait être sincère...

Elle leva la tête et le regarda à travers ses larmes.

— Tu ne le sais donc pas, Sam ? murmura-t-elle. Je t'ai toujours aimé. Je ne pourrai pas t'épouser en sachant que tu n'éprouves pas la même chose pour moi.

Sam était si surpris qu'il lui fallut quelques instants avant de recouvrer l'usage de la parole.

— Tu m'aimes ? Tu es amoureuse de moi ? murmura-t-il enfin.

Elle eut un rire gêné.

— Je suis désolée, Sam...

Il ferma un instant les yeux. La femme qu'il aimait s'excusait de l'aimer, elle aussi !

— Ma chérie, dès que je t'ai vue, chez Elsa, j'ai eu le coup de foudre. Mais j'étais tellement amer, après mon divorce, qu'il m'a fallu longtemps pour admettre ce que je ressentais.

— Oh ! Sam ! s'exclama-t-elle, radieuse. Alors j'ai bien entendu, hier soir...

— Entendu quoi ?

— Tu m'as embrassée et tu m'as dit que tu m'aimais. J'ai cru que je prenais mes rêves pour la réalité.

— Non, mon amour, tu ne rêvais pas.

Il effleura ses lèvres d'un baiser très tendre.

— Sam, je voudrais te poser une question. Je sais que tu aimes Andy, mais c'est un adolescent, maintenant, et...

Elle s'interrompit.

— Demande-moi ce que tu veux, mon amour, je t'écoute, murmura-t-il avant de la déposer tendrement sur le canapé.

— As-tu quelque chose contre les enfants ?

— Moi ? Rien du tout ! Au contraire, je les adore.

Meg fronça les sourcils.

— Dans ce cas, pourquoi Alix et toi n'en avez pas eu ?

Il lui prit les mains.

— Avant nos fiançailles, Alix m'avait dit qu'elle adorait les enfants et qu'elle voulait en avoir tout de suite après notre mariage. Mais au bout de deux ans de vie commune, elle n'était toujours pas enceinte. Elle a passé les examens nécessaires mais, apparemment, rien ne l'empêchait de tomber enceinte...

— Alors tu as fait des examens toi aussi.

— Exactement. Les résultats se sont révélés normaux.

— Et ensuite ?

— Trois ans plus tard, j'ai proposé à Alix d'adopter un enfant. Cela ne l'intéressait pas. Je n'ai pas insisté.

— Et votre couple n'a pas résisté à tout ce stress ?

— Non, répondit-il, le visage soudain dur. J'ai découvert par hasard, il y a plus d'un an, qu'Alix m'avait menti. Depuis le début. Je ne connaissais pas son gynécologue, mais il se trouve que je l'ai rencontré à un déjeuner d'affaires. Nous avons bavardé. Il m'a dit que sa femme et lui avaient une grande famille, mais qu'il comprenait les gens qui pensaient autrement, et qui faisaient ce qu'il fallait pour ne pas avoir d'enfant, comme Alix et moi. C'est ainsi que j'ai appris qu'elle s'était fait opérer avant notre mariage...

Meg lui jeta un regard horrifié.

— Tu veux dire que, durant toutes ces années, elle savait que vous ne pourriez pas avoir d'enfant ?

Il acquiesça.

— Cela a signé la fin de notre mariage. C'est curieux, mais mon amour pour elle est mort d'un seul coup. Elle n'était plus celle que j'avais aimée. C'était devenu une étrangère.

— Oh ! Sam ! C'est impardonnable, murmura-t-elle tandis que les larmes roulaient de nouveau sur ses joues.

Sam la serra contre lui jusqu'à ce qu'elle se calme.

— Tu sais, murmura-t-elle au bout d'un long moment, j'aime les enfants, moi aussi. Je n'ai jamais pensé en avoir d'autres, mais...

— Mais les choses ont changé, n'est-ce pas ? conclut-il en prenant le visage de la jeune femme dans ses mains. Et nous allons rattraper le temps perdu ! Sais-tu que je vais avoir quarante ans la semaine prochaine ?

— Tu es encore un jeune homme, Sam. Mais je suis d'accord. Nous devrions nous y mettre tout de suite !

— Vous mettre à quoi ? questionna la voix d'Andy depuis l'entrée.

Toujours dans les bras l'un de l'autre, Sam et Meg se tournèrent vers lui.

— Au travail, répondit Sam avec un large sourire. Pour te donner des frères et sœurs.

Andy sourit, écarlate.

— C'est vrai ? Bon, alors je sors d'ici. Je suis encore trop jeune pour ça, moi !

Il referma la porte derrière lui en pouffant.

— Il va falloir bien nous tenir, avec ce garçon qui rentre et qui sort tout le temps, bougonna Sam. Au moins jusqu'à notre mariage.

— Alors, il faut nous marier très vite, lança Meg, radieuse. Pourquoi pas à Noël, à l'auberge ?

— Ce serait parfait. Où veux-tu aller en voyage de noces ? Aux Caraïbes ? En Espagne ? A Hawaii ?

Elle noua les bras autour de son cou.

— Non, chéri. Là où je veux aller, il faudra emporter de grosses couvertures...

— En Alaska ? Au Groenland ? Au Pôle Nord ?

Meg éclata de rire.

— Sous l'arbousier, derrière l'auberge, répondit-elle en rougissant. Je veux que nous retournions là où tout a commencé, et que tu m'aimes comme ce soir-là, pour retrouver nos souvenirs. Sam, je ne te l'ai jamais dit, mais... tu as été le premier.

Sam sentit sa gorge se nouer.

— Je t'aime, Meg, murmura-t-il tout contre sa bouche.

— Moi aussi, Sam.

Ensuite, les mots ne furent plus nécessaires. Dehors, l'océan scintillait sous le soleil d'automne et les vagues qui s'écrasaient sur le sable semblaient ramener avec elles les souvenirs perdus, que certains avaient cru oubliés à jamais...

HARLEQUIN

Collection Azur

PROCHAINS RENDEZ-VOUS LE

1er Août 2000

UNE MAMAN POUR BRYAN, de Pamela Bauer et Judy Kaye • *N°2031*
Lorsque le petit Bryan découvre qu'Alexia Gordon, son actrice préférée, vient d'emménager sur le même palier que son père et lui, il est aux anges. Et décide aussitôt de jouer les entremetteurs...

UNE AVENTURE SANS LENDEMAIN, de Lilian Peake • *N°2032*
Si Lauren accepte d'occuper une maison vide pour la protéger des cambrioleurs, c'est qu'elle s'imagine avoir trouvé un emploi de tout repos. Mais dès le premier soir, un inconnu s'introduit dans le jardin et s'effondre à ses pieds, victime d'une fièvre tropicale...

MARIAGE À RYMER HALL, de Diana Hamilton • *N°2033*
Des futurs mariés, Alice en a rencontré beaucoup depuis qu'elle se charge d'organiser des réceptions. Mais jamais elle n'a travaillé pour des fiancés aussi désunis que ses nouveaux clients. Tandis que Janet papillonne de dîners en soirées mondaines, Gregory couve Alice d'un regard brûlant – qui ne la laisse pas indifférente, hélas !

UN PRINCE À MARIER, de Tracy Sinclair • *N°2034*
En s'engageant à restaurer la collection de tableaux du souverain de Monrovie, Suzanna savait qu'elle vivrait un des épisodes les plus passionnants de sa carrière. Mais elle était loin de se douter qu'elle rencontrerait le prince lui-même – l'un des célibataires les plus convoités d'Europe...

LES AMANTS DU DÉSERT, de Michelle Reid • *N°2035*
Evangeline et Rashid s'aiment avec passion depuis bientôt deux ans. Mais cela suffira-t-il à assurer leur bonheur, quand le monde entier s'oppose à leur liaison – à commencer par le puissant cheikh Al Kadah, le père de Rashid ?

LE DÉFI D'UN SÉDUCTEUR, d'Amanda Browning • *N°2036*
Vincent en est persuadé : il a rencontré la femme de sa vie. A présent, le plus difficile reste à faire. Primo, convaincre cette blonde inconnue qu'il n'est pas le vil paparrazzi qu'elle est venue abreuver d'injures. Et secundo, la persuader de l'épouser !

LE CHEMIN DU BONHEUR, de Jessica Steele • *N°2037*
Yancie se l'est promis : lorsqu'elle se donnera à un homme, ce sera pour la vie. Une sage résolution, qu'elle n'a eu aucun mal à tenir... avant de devenir le chauffeur particulier de Thomas Wakefield – un patron si séduisant qu'elle le conduirait volontiers au bout du monde !

LES LIENS DU CŒUR, de Karen van der Zee • *N°2038*
Depuis son accident, Michael ne se souvient de rien. Pas même de son ex-femme, Amy. Accourue à son chevet, celle-ci éprouve une joie infinie à partager de nouveau sa vie. Mais redoute le jour où il se remémorera leur divorce...

Grand jeu de l'été Harlequin

Avec les collections Harlequin du mois de juillet, vous pourrez peut-être gagner le 1er prix de notre grand jeu :

1 RENAULT Kangoo

5 places, au design moderne et sympathique. Complice, elle vous emmènera au bout de vos rêves...

ou l'un des cadeaux suivants...

100 coffrets VANDERBILT

200 romans HARLEQUIN

POUR JOUER, REPORTEZ-VOUS VITE À LA PAGE CI-CONTRE... BONNE CHANCE !

Comment jouer ?

Pour participer, c'est très simple. Il vous suffit d'inscrire sur ce bulletin (ou de recopier sur papier libre) les bonnes réponses aux questions ci-après, et de le retourner avant le 15 septembre 2000 (cachet de la poste faisant foi) à l'adresse suivante : Grand jeu de l'été Harlequin Cedex 2640 - 99264 Paris Concours.

A VOUS DE JOUER!

1) Quelle est la couleur de la robe de l'héroïne sur la couverture du coffret Harlequin «Princesses d'aujourd'hui» (publié le 1er juillet 2000) ?

❒ rouge ❒ rose ❒ bleue

2) Quel numéro anniversaire la collection Rouge Passion fête-t-elle le 1er juillet ?

❒ 500 ❒ 1000 ❒ 1500

3) La collection «Les Best-Sellers Harlequin» vous propose tous les 2 mois :

❒ 2 romans ❒ 3 romans ❒ 4 romans

Nom ____________________

Prénom ____________________

Adresse ____________________

Code Postal └┴┴┴┴┘ Ville ____________________

Date de naissance └┴┘└┴┘└┴┴┴┘

Etes-vous abonné(e) oui ❒ non ❒

Extrait de règlement : jeu gratuit valable du 1er juillet au 15 septembre 2000 doté d'une Renault Kangoo (5 portes) d'une valeur de 76.300 FF (SFr. 18.500.-), de 100 coffrets Vanderbilt d'une valeur de 99 FF chacun (SFr. 23.75), et de 20 romans Harlequin d'une valeur de 19 FF (SFr. 5.30) chacun. Une seule participation par foyer (même nom, même prénom, même adresse). Le règlement du présent jeu est déposé chez Maître Lesage, Huissier de justice à Paris. Bulletin et règlement adressés gratuitement sur simple demande à l'adresse du jeu. Jeu réservé aux participants résidant en France métropolitaine, Corse incluse, et en Suisse. Pour des raisons juridiques les lectrices belges ne peuvent participer à ce jeu. Un tirage au sort, parmi les bonnes réponses, désignera les gagnants.

Conformément à la loi Informatique et Libertés du 6 janvier 1978, vous disposez d'un droit d'accès et de rectification aux données personnelles vous concernant.

VOTRE PROCHAIN RENDEZ-VOUS AVEC
LES BEST-SELLERS HARLEQUIN

Ce mois-ci :
3 romans inédits + 1 roman réédité

Délit d'amour, de Erica Spindler • N° 115

Kate et Richard Ryan forment un couple heureux, à qui il ne manque qu'un enfant pour être tout à fait comblé. Aussi, quand une agence leur ouvre les portes de l'adoption, s'y engouffrent-ils avec espoir, sans se douter qu'ils mettent le pied dans un engrenage fatal. Car la mère biologique de leur enfant adoptif, si elle a tenu à garder l'anonymat au moment de la transaction, va bientôt resurgir dans leur vie, bouleversant tout sur son passage...

Une femme dans la tourmente, de Nora Roberts • N°116

Brillante historienne de l'art, Miranda est convoquée à Florence par sa mère, la redoutable Elizabeth, pour expertiser une statue Renaissance. Hélas, loin d'être la consécration qu'elle attendait, le voyage en Italie tourne au fiasco. A croire que, dans l'ombre, quelqu'un cherche à lui nuire. Une hypothèse qui tend à se confirmer lorsque lui parviennent d'inquiétants messages de menaces. Le danger se précisant encore, Miranda est contrainte de faire alliance avec Ryan Boldari, un séduisant cambrioleur, seul capable de l'aider à déjouer ce qui ressemble fort à une machination. Mais peut-elle réellement se fier à cet homme sans foi ni loi qui sait enflammer ses sens comme aucun autre avant lui ?

(suite page suivante)

Une ombre sur le passé, de Carla Neggers • N°117

La disparition de Colt Sinclair et de Frannie Beaudine à bord de leur avion, quarante-cinq ans plus tôt, était restée comme une plaie à vif dans le clan Sinclair : nul ne savait si le couple s'était enfui ou si le Piper Cub J3 s'était écrasé dans les forêts de New Hampshire, non loin de Cold Spring. Et voilà qu'une jeune femme affirme avoir repéré l'épave de l'appareil, avant de se rétracter pour une raison inconnue. Il n'en faut pas davantage pour Wyatt Sinclair : toutes affaires cessantes, il se rend à Cold Spring, où il espère éclaircir enfin ce mystère. Un mystère plus complexe qu'on a bien voulu le lui dire, il en est sûr, et à peine arrivé sur les lieux, il comprend qu'il ne s'est pas trompé...

PASSIONS INTERDITES, de Barbara Delinsky • N°24
(Réédition)

Alors qu'elle est la maîtresse de John Saint George depuis vingt-cinq ans, l'écrivain Hillary Cox apprend par voie de presse les fiançailles de son amant avec une riche veuve. Elle le sait infidèle et égoïste. Mais serait-il aussi le pire des goujats ? Blessée, intriguée aussi, Hillary décide de fouiller le passé de John, où elle devine déjà l'existence de secrets sombres et inavouables...

Prenez le temps de rêver chez vous avec le Service Lectrices Harlequin

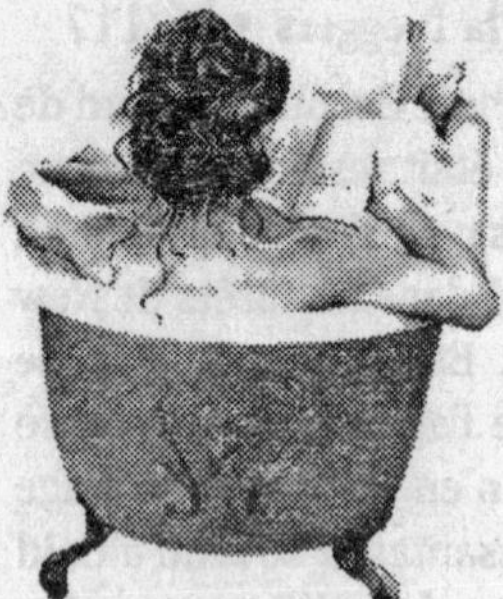

Vous lisez régulièrement des romans Harlequin et vous les appréciez… Pourquoi ne pas recevoir vos livres directement chez vous ? Retournez-nous dès aujourd'hui cette *Offre Privilège.*

Vous recevrez gratuitement 6 romans de la collection Azur et un cadeau mystère.

Vos privilèges :

LE CONFORT ET L'EXCLUSIVITÉ

Vos romans sont livrés chez vous avant même leur sortie en librairie !

LE MEILLEUR PRIX

Vous bénéficiez d'une réduction de 5% sur le prix de chaque volume. Vous ne payez rien d'avance.

LA LIBERTÉ TOTALE

Vous pouvez annuler les envois mensuels à tout moment. Vous n'êtes pas engagé pour une durée minimum. C'est vous qui choisissez !

Composé sur le serveur d'Euronumérique, à Montrouge
par les Éditions Harlequin
Achevé d'imprimer en juin 2000
sur les presses de l'Imprimerie Bussière
à Saint-Amand-Montrond (Cher)
Dépôt légal : juillet 2000
N° d'imprimeur : 1108 — N° d'éditeur : 8292

Imprimé en France